KB180950

원문과 함께 읽는

셰익스피어 소네트

SHAKESPEARE'S
SONNETS

원문과 함께 읽는 셰익스피어 소네트

개정판 1쇄 발행 · 2024년 8월 27일

지은이 · 윌리엄 셰익스피어
옮긴이 · 이태주
펴낸이 · 한봉숙
펴낸곳 · 푸른사상사

주간 · 맹문재 | 편집 · 지순이 | 교정 · 김수란
등록 · 1999년 7월 8일 제2-2876호
주소 · 경기도 파주시 회동길 337-16 푸른사상사
대표전화 · 031) 955-9111(2) | 팩시밀리 · 031) 955-9114
이메일 · prun21c@hanmail.net
홈페이지 · http://www.prun21c.com

ⓒ 이태주, 2018

ISBN 979-11-308-2168-9 03840
값 25,000원

원문과 함께 읽는

셰익스피어 소네트

SHAKESPEARE'S SONNETS

윌리엄 셰익스피어 지음 **이태주** 옮김

차례

차례

Johann Heinrich Wilhelm Tischbein, *Goethe in the Roman Campagna*, 1786–87, Städelsches Kunstinstitut, Frankfurt

From fairest creature we desire increase,
That thereby beauty's rose might never die,
But as the riper should by time decease,
His tender heir might bear his memory:
But thou, contracted to thine own bright eyes,
Feed'st thy light's flame with self-substantial fuel,
Making a famine where abundance lies,
Thyself thy foe, to thy sweet self too cruel.
Thou that art now the world's fresh ornament,
And only herald to the gaudy spring,
Within thine own bud buriest thy content,
And, tender churl, mak'st waste in niggarding:
    Pity the world, or else this glutton be,
    To eat the world's due, by the grave and thee.

아름다운 몸에서 수많은 자손이 태어나기 바란다네,

그러면 아름다운 장미는 영원히 사라지지 않는다네.

무르익으면 시드는 것이 세상 운명이라네,

자손은 부모의 형상을 이어받아야 한다네.

당신은 자신의 반짝이는 눈동자에 현혹되어,

스스로 빛을 발산하며 자신의 몸을 불사르고 있다네,

풍요로운 아름다움은 불모로 변하고,

아름다운 자신에게 처참한 원수가 된다네.

당신은 생기 넘친 세상을 장식하며,

화사한 봄의 선구자인데,

화려한 목숨을 봉오리 속에 묻어놓고,

젊음을 낭비하는 구두쇠 신세가 되었네.

　　세상을 불쌍히 여기세요. 세상에 남길

　　유산을 무덤에서 파먹는 탐욕의 죄를 짓지 마세요.

Élisabeth Louise Vigée Le Brun, *Self portrait in a Straw Hat*, 1782, National Gallery, London

When forty winters shall besiege thy brow
And dig deep trenches in thy beauty's field,
Thy youth's proud livery, so gazed on now,
Will be a tattered weed of small worth held.
Then being asked where all thy beauty lies,
Where all the treasure of thy lusty days,
To say within thine own deep-sunken eyes
Were an all-eating shame and thriftless praise,
How much more praise deserved thy beauty's use
If thou couldst answer "This fair child of mine
Shall sum my count and make my old excuse,"
Proving his beauty by succession thine,
    This were to be new made when thou art old
    And see thy blood warm when thou feel'st it cold.

마흔 차례 겨울이 당신 이마 공박(攻駁)해서

아름다운 이마에 깊은 주름 남겼네,

지금은 사람 눈 끄는 청춘의 화려한 의상도,

이윽고 보잘것없는 누더기처럼 보이겠지.

한때, 혈기 왕성했던 시절의 보물이던

그 아름다움은 어디로 갔는가 묻는다면,

움푹 파인 눈 속에 남아 있다고 응답하지만,

모든 것 다 챙긴 후의 수치스런 헛소리가 된다네.

만약에 당신이 "아름다운 아이는

인생의 결산이요, 노후의 위안이다" 말한다면,

당신의 아름다움은 활용되어 칭찬을 받고,

유산으로 계승되는 인정을 받는다네.

　　그것은 노년이 청년으로 새롭게 부활하고,

　　싸늘한 피가 다시 뜨거워지는 일이 된다네.

George Hendrik Breitner, *The Earring*, 1893, Museum Boijmans Van Beuningen, Rotterdam

Look in thy glass and tell the face thou viewest
Now is the time that face should form another,
Whose fresh repair if now thou not renewest,
Thou dost beguile the world, unbless some mother.
For where is she so fair whose uneared womb
Disdains the tillage of thy husbandry?
Or who is he so fond will be the tomb
Of his self-love, to stop posterity?
Thou art thy mother's glass, and she in thee
Calls back the lovely April of her prime;
So thou through windows of thine age shalt see,
Despite of wrinkles, this thy golden time.
   But if thou live remembered not to be,
    Die single, and thine image dies with thee.

거울 속에 비친 당신의 얼굴을 보고

지금은 또 다른 얼굴 만들 때라고 말하세요,

그 얼굴 달리 새로 태어나지 않으면,

세상 속이고, 모성(母性)의 행운 뺏는 일이 됩니다.

개간 안 된 처녀지에 남편을 받아들여

밭을 갈지 않으려는 미녀가 어디 있겠습니까?

또는, 자신만을 사랑하는 이유로 자손의 대를 끊으면서

자신의 무덤을 파는 어리석은 바보가 어디 있겠습니까?

당신은 어머니의 거울입니다. 어머니는 당신 속에서

자신의 화려했던 춘사월 젊은 날 회상하고,

당신은 주름살 퍼진 노년의 창을 통해서

황금 같은 청춘 세월을 보게 됩니다.

　　만약에 당신의 인생이 망실되어도 좋다면,

　　홀로 죽으세요, 그대 영상은 영원히 사라집니다.

Constance Marie Charpentier, Melancholy, 1801, Musée de Picardie, Amiens

Unthrifty loveliness, why dost thou spend
Upon thyself thy beauty's legacy?
Nature's bequest gives nothing but doth lend,
And being frank, she lends to those are free.
Then, beauteous niggar, why dost thou abuse
The bounteous largess given thee to give?
Profitless usurer, why dost thou use
So great a sum of sums yet canst not live?
For, having traffic with thyself alone,
Thou of thyself thy sweet self dost deceive.
Then how, when nature calls thee to be gone,
What acceptable audit canst thou leave?
    Thy unused beauty must be tombed with thee,
    Which used lives th' executor to be.

아름다운 낭비꾼이여, 어째서 미의 유산을

당신 하나만을 위해 아낌없이 써버립니까?

자연의 여신은 유산을 주지 않고 빌려만 줍니다,

여신은 자비로운 사람에게는 관대하지요.

아름다운 구두쇠여, 당신은 어찌하여 이웃에 주도록

당신에게 맡긴 선물을 헛되이 낭비하고 있습니까?

무익한 고리대금업자여, 자연이 준 거액의

선물을 어째서 투자 않고 빈둥대며 살고 있습니까?

당신은 자신만을 위한 거래를 위해, 아름다운 당신에서

태어나는 자신의 분신을 속이고 있습니다.

자연의 여신이 세상을 떠나라고 하명할 때,

당신은 어떤 결산서를 남기고 갑니까?

　쓰지 않는 아름다움은 그대와 함께 무덤으로 가지만,

　그것으로 투자를 하면 유언 집행인으로 살아갑니다.

Vincent van Gogh, *Roses*, 1890, Metropolitan Museum of Art, Manhattan

Those hours that with gentle work did frame
The lovely gaze where every eye doth dwell
Will play the tyrants to the very same
And that unfair which fairly doth excel;
For never-resting time leads summer on
To hideous winter and confounds him there,
Sap checked with frost and lusty leaves quite gone,
Beauty o'er-snowed and bareness everywhere,
Then, were not summer's distillation left
A liquid prisoner pent in walls of glass,
Beauty's effect with beauty were bereft,
Nor it nor no remembrance what it was,
　　But flowers distilled, though they with winter meet,
　　Leese but their show; their substance still lives sweet.

눈이란 눈이 모두 바라보는

아름다운 형상인 시간은

똑같은 형상에 포악한 상처를 입혀

아름다운 형상을 파괴할 것이다.

쉴 줄 모르는 시간은 여름을 이끌다가

흉측한 겨울로 가서 여름을 소멸시킨다.

수액(樹液)은 서리를 맞아 무성한 나뭇잎을 떨구고,

눈(雪)으로 가려진 아름다움은 천박한 광경이 되었다.

그런 때, 여름 꽃 증류한 향수를

병 속에 액체로 보존하지 않으면,

아름다움의 원천도, 아름다움도 영원히 잃게 되고,

아름다움도, 아름다움의 기억도 영원히 사라진다.

　　그러나 향수가 된 꽃은 겨울을 만나도

　　잃은 것은 외관일 뿐, 실체는 영원히 향기롭다.

John William Waterhouse, *The Soul of the Rose*, aka My Sweet Rose, 1908

Then let not winter's ragged hand deface
In thee thy summer ere thou be distilled.
Make sweet some vial; treasure thou some place
With beauty's treasure ere be self-killed.
That use is not forbidden usury
Which happies those that pay the willing loan;
That's for thyself to breed another thee,
Or ten times happier, be it ten for one.
Ten times thyself were happier than thou art
If ten of thine ten times refigured thee;
Then what could death do if thou shouldst depart,
Leaving thee living in posterity?
    Be not self-willed, for thou art much too fair
    To be death's conquest and make worms thine heir.

그러니, 겨울 거친 손이 여름 얼굴 할퀴어

문드러지기 전에 자신을 증류하세요.

아름다움이 자멸하기 전에, 유리병에 향수를 채우고,

그 그릇을 미(美)의 보고(寶庫)로 만드세요.

채무자가 기쁜 마음으로 이자를 갚고 행복하다면

그런 고리대금은 죄가 되는 일이 아닙니다.

그것은 그대가 또 다른 자신을 부풀리는 일,

하나에 열의 이율이면 열 배의 행복을 낳는 일.

그대의 자손 열을 그대의 모습 열 배로 불리면,

그대는 지금의 그대보다 열 배 더 행복해지는 셈.

그러니 그대가 죽는다 해도 죽음은 그대에게 무력한 것,

그대는 세상을 떠나도 자손들 속에 살아 있지 않는가?

　　그러니 고집을 부리지 마세요, 죽음이 그대를 정복해서

　　벌레가 상속인이 되기에는 너무나 아름다운 그대입니다.

Claude Monet, *Impression, Sunrise*, 1873, Musée Marmottan Monet, Paris

Lo, in the orient when the gracious light
Lifts up his burning head, each under eye
Doth homage to his new-appearing sight,
Serving with looks his sacred majesty;
And having climbed the steep-up heavenly hill,
Resembling strong youth in his middle age,
Yet mortal looks adore his beauty still,
Attending on his golden pilgrimage.
But when from highmost pitch with weary car
Like feeble age he reeleth from the day,
The eyes, 'fore duteous, now converted are
From his low tract and look another way.
 So thou, thyself outgoing in thy noon,
 Unlooked on diest unless thou get a son.

보라, 동녘 하늘에 장엄한 빛을 발산하며

이글거리는 태양이 머리를 치켜 올리면, 지상의 눈은

새로 떠오르는 해를 우러러 경의를 표하면서,

성스런 임금에게 신하로서의 예의를 바친다.

이윽고 험한 하늘의 언덕을 솟구쳐 오르는 태양은,

중년에 도달한 힘센 젊은이 모습이어서,

지상의 눈은 그 아름다움을 찬양하며,

천공을 가르는 황금의 여로를 따라간다.

정상에 도달한 후 태양의 수레는 지치고,

휘청대는 노인처럼 천공에서 떨어져 내려오자,

지상의 눈은 전에 공대했던 태도를 바꾸고,

절름거리는 걸음걸이로 사방팔방으로 흐트러진다.

　지금, 인생의 한낮에 도달한 그대는 자손이 없으면,

　아무도 돌보지 않는 가운데 외롭게 죽어갈 것이다.

Lord Frederic Leighton, *The Music Lesson*, 1877, Guildhall Art Gallery, London

Music to hear, why hear'st thou music sadly?
Sweets with sweets war not, joy delights in joy.
Why lov'st thou that which thou receiv'st not gladly,
Or else receiv'st with pleasure thine annoy?
If the true concord of well-tuned sounds,
By unions married, do offend thine ear,
They do but sweetly chide thee, who confounds
In singleness the parts that thou shouldst bear.
Mark how one string, sweet husband to another,
Strike each in each by mutual ordering,
Remembering sire and child and happy mother
Who all in one, one pleasing note do sing;
    Whose speechless song, being many, seeming one,
    Sings this to thee: "Thou single wilt prove none."

아름다움은 아름다움과 화합하고, 기쁨은 기쁨을 즐기는데.

음악 같은 당신이 왜 음악을 언짢게 들으세요?

즐겁게 받아들일 수 없는 것을 그대는 왜 좋아합니까?

어째서 당신은 언짢은 것을 즐겁게 받아들입니까?

아름다운 소리와 소리가 결합되어 조율되는

진정한 화음이 당신의 귀에 불쾌감을 일으킨다면,

그 소리는 당신을 너그럽게 꾸짖고 있습니다. 자신의 직분을 넘어

혼자 내는 소리로 전체의 조화를 깨는 당신이기 때문입니다.

잘 살피세요, 하나의 현(絃)이 다른 현과 짝이 되어

서로 조화롭게 반응하며 교향(交響)하는 소리를

마치 아버지와 아들이, 다정한 어머니와 한 몸 되어

하나의 즐거운 노래를 함께 부르고 있는 것 같아요.

　　수많은 소리가 하나의 소리로 들리는 이 말없는 노래는,

　　"혼자서는 안 된다는 것"을 알리는 그대를 위한 노래입니다.

Caravaggio, *Narcissus* , c.1595, Palazzo Barberini, Rome

Is it for fear to wet a widow's eye
That thou consum'st thyself in single life?
Ah, if thou issueless shalt hap to die,
The world will wail thee like a makeless wife;
The world will be thy window and still weep
That thou no form of thee hast left behind,
When every private widow well may keep,
By children's eyes, her husband's shape in mind.
Look what an unthrift in the world doth spend
Shifts but his place, for still the world enjoys it;
But beauty's waste hath in the world an end,
And, kept unused, the user so destroys it.
   No love toward others in that bosom sits
   That on himself such murd'rous shame commits.

그대가 독신으로 한평생 지나려는 것은

미망인 된 아내를 울리지 않기 위해서인가요?

그대가 자손을 남기지 않고 죽게 되면,

과부 된 아내처럼 세상이 비탄에 빠질 것입니다.

이 세상은 그대의 미망인 되어 계속 눈물을 흘립니다.

그대가 당신을 닮은 자손을 남기지 않았기 때문이죠.

대체적으로 미망인은 애들 눈을 보고,

남편의 옛 모습을 상기합니다.

낭비꾼들이 세상에서 아무리 물 쓰듯 해도

돈은 돌고 돌아 누구든 언제나 사용할 수 있습니다.

그러나 아름다움은 써버리면 그것으로 끝납니다.

쓰지 않으면, 미(美)의 소유는 그것으로 끝납니다.

　　자신에 대해서 치욕적인 살인을 하는 사람은

　　타인에 대해서 사랑을 품는 일은 불가능합니다.

Jean-François Millet, *The Sower*, 1850, Museum of Fine Arts, Boston

For shame deny that thou bear'st love to any,
Who for thyself art so unprovident.
Grant, if thou wilt, thou art beloved of many,
But that thou none lov'st is most evident.
For thou art so possessed with murd'rous hate
That 'gainst thyself thou stick'st not to conspire,
Seeking that beauteous roof to ruinate
Which to repair should be thy chief desire,
O, change thy thought, that I may change my mind.
Shall hate be fairer lodged than gentle love?
Be as thy presence is, gracious and kind,
Or to thyself at least kind-hearted prove.
    Make thee another self for love of me,
    That beauty still may live in thine or thee.

자기 자신에게 그토록 포악한 당신이기에,

창피해서 타인을 사랑한다고 말할 수 없겠지요.

그대가 많은 사랑을 받는다고 한다면 인정합시다.

하지만 그대가 아무도 사랑하지 않는 것은 확실합니다.

그대는 살기등등한 증오심으로 넘쳐 있기에,

주저 없이 음모를 꾸미고,

영혼이 깃든 육체를 아름답게 보존하지 않고

훼손하려고 합니다.

아, 그대가 생각을 바꾸면, 나도 견해를 바꾸렵니다.

사랑을 누르고 증오심이 마음을 차지하면 되겠습니까?

그대는 겉모습대로 인자롭고 친절한 사람이 되어주세요.

적어도 자신에게는 관대한 마음을 베푸세요.

　　나를 사랑한다면 다른 인간이 되어주세요.

　　아름다움이 그대와 자손에게 남아 있도록 해주세요.

Ramon Casas i Carbó, *Courtyard of the old Barcelona prison*, c.1894, Museu Nacional d'Art de Catalunya, Barcelona

As fast as thou shalt wane, so fast thou grow'st
In one of thine, from that which thou departest;
And that fresh blood which youngly thou bestow'st
Thou mayst call thine when thou from youth convertest.
Herein lives wisdom, beauty, and increase;
Without this, folly, age, and cold decay.
If all were minded so, the times should cease,
And threescore year would make the world away.
Let those whom nature hath not made for store,
Harsh, featureless, and rude, barrenly perish;
Look whom she best endowed she gave the more,
Which bounteous gift thou shouldst in bounty cherish,
    She carved thee for her seal, and meant thereby
    Thou shouldst print more, not let that copy die.

늙어가는 속도만큼이나 빠르게 당신은 성장할 것입니다.

그대 자신을 부여한 또 다른 분신을 향하여,

젊고 싱싱한 피를 나눈 또 다른 분신을 향하여,

청춘과 이별하는 당신은 그들을 내 아이라고 부를 것입니다.

그 말 속에 지혜와 아름다움과 자손의 번영이 살아 있습니다.

그것이 없으면, 어리석음과 노년과 싸늘한 쇠퇴가 있습니다.

모든 이들이 그렇게 되면, 세상은 끝장이 날 것입니다.

60년이 지나면 세계는 소멸될 것입니다.

자연의 신이 번식을 위해 창조한 인간이 아니면,

거칠고, 추악하고, 조잡한 인간은 자손 없이 사멸해야 합니다.

자연으로부터 최상의 것을 얻게 된 인간은 번식의 힘을 얻었습니다.

당신은 그 은혜로운 힘을 아낌없이 베풀어야 합니다.

　자연이 당신의 인감을 만든 것은 그것으로 당신이

　후손을 증식하기 위해서이지 멸종 때문이 아닙니다.

Frits Thaulow, *The Train is arriving*, 1881, National Gallery of Norway, Oslo

When I do count the clock that tells the time
And see the brave day sunk in hideous night,
When I behold the violet past prime
And sable curls all silvered o'er with white;
When lofty trees I see barren of leaves,
Which erst from heat did canopy the herd,
And summer's green all girded up in sheaves
Borne on the bier with white and bristly beard;
Then of thy beauty do I question make
That thou among the wastes of time must go,
Since sweets and beauties do themselves forsake
And die as fast as they see others grow;
    And nothing 'gainst Time's scythe can make defense
    Save breed, to brave him when he takes thee hence.

시간을 알리는 시계 소리 헤고 있을 때,

아름다운 한낮이 무서운 밤으로 빨려드는 것을 볼 때,

바이올렛 꽃 향긋한 봄날이 사라지는 것을 볼 때,

검은 곱슬머리가 온통 은발로 바뀌는 것을 볼 때,

가축 떼 폭염 막아주는 수목들 푸르른 나뭇잎이

떨어져 낙엽 되어 보리 짚단처럼 묶여 산더미 짐으로 실려

거친 수염 허옇게 드러내며

영구차로 가는 것을 볼 때,

당신의 아름다움을 의심스레 염려하는 까닭은

당신의 황폐도 시간을 피할 수 없기 때문이고,

새로운 것이 태어나서 빠르게 성장하면 할수록

사랑하는 것도, 아름다운 것도 빠르게 사멸하기 때문입니다.

　　시간의 큰 낫이 당신을 이 세상에서 베어낼 때,

　　당신을 용감하게 지키는 것은 당신의 자손들뿐입니다.

Gerard ter Borch, *Paternal Advice*, c.1654, Rijksmuseum Amsterdam, Amsterdam

O, that you were your self! But, love, you are
No longer yours than you yourself here live;
Against this coming end you should prepare,
And your sweet semblance to some other give.
So should that beauty which you hold in lease
Find no determination; then you were
your self again after yourself's decease
When your sweet issue your sweet form should bear.
Who lets so fair a house fall to decay,
Which husbandry in honor might uphold
Against the stormy gusts of winter's day
And barren rage of death's eternal cold?
    O, none but unthrifts, dear my love, you know.
    You had a father; let your son say so.

당신이 진정한 당신으로 살아 있으면 좋으련만!

님이여, 당신은 목숨이 끊어지면 당신이 아닙니다.

다가오는 당신의 임종에 대비해서, 님이여,

당신의 아름다운 모습을 다른 사람에게 남기세요.

그렇게 하면, 당신은 정해진 기간에 차용한 아름다움을

영원히 변제하지 않아도 되겠지요. 당신은 아마도

아름다운 당신의 아이가 당신의 모습을 이어받아

세상을 떠나도 당신은 그대로 남아 있게 됩니다.

너무나 아름다운 당신의 집을 누가 망가뜨립니까.

집안을 잘 다스리면, 추운 겨울 모진 바람 불어도,

끝없는 죽음의 한파로 만물이 시들어도,

당신은 살아남겠지요?

　아아, 여기 있는 것은 낭비꾼들입니다. 사랑하는 당신은 알아요.

　자신에게는 아버지가 있다는 것을, 아들이 말하도록 하세요.

Henri Rousseau, *The Sleeping Gypsy*, 1897, Museum of Modern Art, New York

Not from the stars do I my judgment pluck,
And yet methinks I have astronomy —
But not to tell of good or evil luck,
Of plagues or dearths, or seasons' quality;
Nor can I fortune to brief minutes tell,
Pointing to each his thunder, rain, and wind,
Or say with princes if it shall go well
By oft predict that I in heaven find.
But from thine eyes my knowledge I derive,
And, constant stars, in them I read such art
As truth and beauty shall together thrive
If from thyself to store thou wouldst convert;
    Or else of thee this I prognosticate:
    Thy end is truth's and beauty's doom and date.

별을 보고 앞날을 점치는 것은 아니지만,

그래도 나는 점성술을 터득하고 있는 듯하다.

이 일은 운세의 길흉을 알고자 함이 아니라,

질병, 기근, 계절의 특징을 점치려는 것도 아니라,

미래의 운세를 시간에 따라 몇 시 몇 분에

번개 치고, 비바람 치는지 예언하려는 것도 아니라,

하늘의 별에 나타나는 징조를 읽고, 왕후들에게

별 걱정 없다고 단언하고 싶은 것도 아니다.

다만, 나는 당신의 눈을 보면 알 수 있다.

나는 항성을 보고 읽을 수도 있다.

자손의 번영을 위해 당신이 개심을 하면,

진실과 아름다움이 함께 번영한다는 것을.

　그렇지 않으면, 당신의 종말은 진실과 아름다움의 몰락이요,

　최종적인 멸망이 된다고 나는 예언하게 될 것이다.

Giovanni Boldini, *Portrait of the Marchesa Casati*, 1914, Galleria Nazionale d'Arte Moderna, Rome

When I consider everything that grows
Holds in perfection but a little moment,
That this huge stage presenteth nought but shows
Whereon the stars in secret influence comment;
When I perceive that men as plants increase,
Cheered and checked even by the selfsame sky,
Vaunt in their youthful sap, at height decrease,
And wear their brave state out of memory,
Then the conceit of this inconstant stay
Sets you most rich in youth before my sight,
Where wasteful Time debateth with Decay
To change your day of youth to sullied night;
    And, all in war with Time for love of you,
    As he takes from you, I engraft you new.

이 세상에 태어나서 자라는 모든 것이

완전한 아름다움을 지키는 기간은 한순간에 지나지 않으며,

거대한 무대 위서 펼쳐지는 모든 구경거리도

말 없는 별들의 갈채와 비난으로 좌우된다고 판단할 때

인간과 식물도 똑같이 하늘의 영향을 받아서,

번식도 하고 자제도 하는데,

젊은 활력을 자랑해도 힘은 절정에 미치면 쇠퇴하고,

화려한 그들의 모습도 기억에서 사라지는데,

덧없는 이 세상 운명을 생각하면

청춘을 구가하는 당신 모습 떠올라,

파괴적인 "시간"이 "쇠퇴"와 힘을 합쳐

청춘의 낮을 더러운 밤으로 변하게 한다.

　　당신의 사랑을 위해 나는 전력으로 "시간"과 싸워서,

　　시간이 탈취하는 당신의 목숨을 나는 시를 통해 부활시킨다.

James Abbott McNeill Whistler, *The Little White Girl : Symphony in White No. 2*, 1864, Tate Collection, London

But wherefore do not you a mightier way
Make war upon this bloody tyrant Time,
And fortify yourself in your decay
With means more blessed than my barren rhyme?
Now stand you on the top of happy hours,
And many maiden gardens, yet unset,
With virtuous wish would bear your living flowers,
Much liker than your painted counterfeit.
So should the lines of life that life repair
Which this time's pencil or my pupil pen
Neither in inward worth nor outward fair
Can make you live yourself in eyes of men.
    To give away yourself keeps yourself still,
      And you must live, drawn by your own sweet skill.

어째서 당신은 보다 더 강력한 전술로

"시간"이라는 잔인한 폭군과 싸우지 않습니까?

나의 쓰잘 것 없는 시보다 더 우수한 무기로써

당신의 쇠퇴를 왜 막으려 하지 않습니까?

지금 당신은 행복한 나날의 정점에 서 있는데,

아직도 씨를 품지 않는 수많은 처녀의 정원이

당신의 초상(肖像)보다 더 당신을 닮은 꽃을,

당신의 생명의 꽃을 피우려고 소망하고 있네요.

생명을 이어받는 자들이 생명을 부활시킵니다.

지금 시를 쓰는 이 연필, 나의 미숙한 펜은

내면의 가치와 외면의 아름다움을 지닌 당신을

생생하게 사람들 눈에 전달할 수 없습니다.

　당신 자신을 내주는 일이 당신이 존재하는 길입니다.

　당신의 모습을 아이에게 재현하며 살아야 합니다.

Claude Monet, *Woman with a Parasol - Madame Monet and Her Son*, 1875, National Gallery, Washington

Who will believe my verse in time to come
If it were filled with your most high deserts?
Though yet, heaven knows, it is but as a tomb
Which hides your life and shows not half your parts.
If I could write the beauty of your eyes
And in fresh numbers number all your graces,
The age to come would say "This poet lies;
Such heavenly touches ne'er touched earthly faces."
So should my papers, yellowed with their age,
Be scorned, like old men of less truth than tongue,
And your true rights be termed a poet's rage
And stretched meter of an antique song.
    But were some child of yours alive that time,
    You should live twice — in it and in my rhyme.

나의 시가 당신의 뛰어난 자질을 찬양하더라도,

후세 사람들은 누가 그 진실을 믿어주겠습니까?

그 시는 당신의 삶을 매장한 묘비명이요,

당신의 삶을 감추며 자질의 반도 알리지 못합니다.

나의 시가 당신의 아름다운 눈을 그린다 하더라도,

나의 시가 당신의 매력을 그리며 노래를 하더라도,

후세 사람들은 말하겠지요. "시인은 거짓말하고 있다.

천사를 그리는 언어로 인간의 얼굴을 그리다니."

이렇게 되어 나의 시집은 세월을 지나 누렇게 찌들고,

진실을 외면한 수다스런 늙은이처럼 경멸을 받을 것입니다.

당신의 찬사는 시인의 망상으로 치부되며,

옛날에 들었던 과장된 노래라고 전해질 것입니다.

  만약에 그때 당신의 아이가 살아 있었다면,

  당신은 아이와 나의 시에서 두 번 살게 됩니다.

Rembrandt Van Rijn, *Landscape with a Stone Bridge*, c.1638, Rijksmuseum Amsterdam, Amsterdam

Shall I compare thee to a summer's day?
Thou art more lovely and more temperate.
Rough winds do shake the darling buds of May,
And summer's lease hath all too short a date.
Sometimes too hot the eye of heaven shines,
And often is his gold complexion dimmed;
And every fair from fair sometime declines,
By chance or nature's changing course untrimmed.
But thy eternal summer shall not fade
Nor lose possession of that fair thou ow'st
Nor shall Death brag thou wand'rest in his shade,
When in eternal lines to time thou grow'st.
    So long as men can breathe or eyes can see,
    So long lives this, and this gives life to thee.

당신은 너무나 아름답고 사랑스러운데.

당신을 여름날에 비유할 수 있을까?

거친 바람이 5월의 귀여운 봉오리 흔들고,

여름의 하염없는 목숨은 짧기만 한데,

때로는 태양의 눈초리 너무 뜨거워,

황금 얼굴을 구름이 가린다.

아무리 아름다워도 아름다움은 일시적인 것,

우연한 일과 자연의 변화로 상처를 입는다.

당신의 영원한 여름이 퇴색하지 않아서,

당신의 아름다움은 소멸되지 않는다.

영원한 시(詩)에서 당신이 시간과 한 몸이 되면,

어두운 세상 헤맨다고 죽음은 말하지 않을 것이다.

　사람이 숨을 쉬고, 눈을 뜨고 보는 한,

　시는 오래도록 당신에게 생명을 줄 것이다.

Peder Severin Krøyer, *"Hip, hip, hurra!" Artisis's Party at Skagen*, 1888, Göteborgs konstmuseum, Gothenburg

Devouring Time, blunt thu the lion's paws
And make the earth devour her own sweet brood;
Pluck the keen teeth from the fierce tiger's jaws,
And burn the long-lived phoenix in her blood;
Make glad and sorry seasons as thou fleet'st
And do whate'er thou wilt, swift-footed Time,
To the wide world and all her fading sweets.
But I forbid thee one most heinous crime:
O, carve not with thy hours my love's fair brow,
Nor draw no lines there with thine antique pen;
Him in thy course untainted do allow
For beauty's pattern to succeeding men.
    Yet, do thy worst, old Time: despite thy wrong,
    My love shall in my verse ever live young.

모든 것을 삼키는 시간이여, 사자의 발톱을 무디게 해서,

이 땅이 귀여운 자신의 아이를 삼키도록 하라.

사나운 호랑이 이빨을 턱주가리서 뽑아내어,

장수하는 불사조를 날것으로 구워라.

발 빠른 시간이여, 세월을 지나며 당신의 계절을

즐겁게도 기쁘게도 만들어주며, 광활한 세상,

하염없는 아름다움에 마음껏 손을 뻗쳐라.

그러나 사랑하는 사람의 아름다운 이마에

시간을 새기는 흉측한 죄악은 범하지 말라.

그대의 낡은 펜으로 줄을 긋지도 말라.

그에게는 지나는 길에 손을 대서는 안 된다.

세상 아름다움의 사례로 깨끗이 남아야 한다.

　　하지만, 늙은 시간이여, 그대가 어떤 해독을 끼쳐도,

　　나의 님은 나의 시 속에서 영원한 젊음을 누릴 것이다.

John William Waterhouse, *Ophelia*, 1894

A woman's face with Nature's own hand painted
Has thou, the master mistress of my passion;
A woman's gentle heart, but not acquainted
With shifting change, as is false women's fashion;
An eye more bright than theirs, less false in rolling,
Gilding the object whereupon it gazeth;
A man in hue, all hues in his controlling,
Which steals men's eyes and women's souls amazeth.
And for a woman wert thou first created,
Till Nature, as she wrought thee fell a-doting,
And by addition me of thee defeated
By adding one thing to my purpose nothing.
But since she pricked thee out for women's pleasure,
Mine be thy love, and thy love's use their treasure.

나의 정열을 사로잡은 사랑하는 남자인 당신은,

자연의 손으로 그린 여자의 얼굴을 하고 있다.

당신은 또한 여자의 부드러운 마음을 지니고 있으며,

부실한 여자들에 흔한 변덕스런 꼴불견 성격도 없다.

당신의 눈은 여자 눈보다 밝고, 보는 것마다 금색으로

거짓 사용 않는 것이 여자와 다르다.

한 남자의 모습으로 모든 남자의 미덕을 한 몸에 지닌

당신은 남자들을 사로잡고, 여자들의 혼을 뺏고 놀라게 한다.

당신은 처음 여자로 창조되었다. 그러나 자연의 여신은

당신을 만들면서 사랑에 빠져 아쉬운 나머지

몸에 한 가지 더 추가해서 나를 속이고 빼앗아갔다.

나에게는 아무 소용 없는 그 한 가지를 덧붙여서였다.

　　자연의 여신은 그의 즐거움으로 당신을 남자로 선택했으니,

　　나에게는 당신의 사랑을, 여자에게는 사랑의 혜택을 안긴다.

Claude Monet, *The Artist's Garden in Argenteuil*, 1873, National Gallery of Art, Washington

So is it not with me as with that muse
Stirred by a painted beauty to his verse,
Who heaven itself for ornament doth use
And every faire with his fair doth rehearse,
Making a couplement of proud compare
With sun and moon, with earth and sea's rich gems,
With April's firstborn flowers and all things rare
That heaven's air in this huge rondure hems,
O, let me, true in love, but truly write,
And then believe me, my love is as fair
As any mother's child, though not so bright
As those gold candles fixed in heaven's air.
    Let them say more that like of hearsay well;
    I will not praise that purpose not to sell.

021

같은 시인이라도 나는 그런 시인과는 다르다.

그 시인은 화장한 미인에 감동받아 시를 쓴다.

천공(天空)마저 비유로 꾸며대며,

모든 아름다움을 연인을 위해 노래하고,

해와 달, 지구와 바다의 보석,

4월에 만발한 꽃들과 하늘 아래

귀하디귀한 세상 만물을

교묘하게 연결해서 연인과 비교하며 자랑한다.

나는 사랑도 진실하고, 시도 진실하다.

하늘에 매달린 황금 촛불처럼

밝지는 않아도. 나의 사랑은

엄마의 아기처럼 아름답다.

막말 소문 퍼뜨리는 시인들은 실컷 떠들어라.

나는 연인을 팔거나 칭찬하는 일은 하지 않겠다.

Cerano, Morazzone and Procaccini, *The Martyrdom of St. Rufina and St. Secunda*, c.1625,
Pinacoteca di Brera, Milan

My glass shall not persuade me I am old
So long as youth and thou are of one date,
But when in thee Time's furrows I behold,
Then look I death my days should expiate.
For all that beauty that doth cover thee
Is but the seemly raiment of my heart,
Which in thy breast doth live, as thine in me;
How can I then be elder than thou art?
O, therefore, love, be of thyself so wary
As I not for myself but for thee will,
Bearing thy heart, which I will keep so chary
As tender nurse her babe from faring ill.

    Presume not on thy heart when mine is slain.
    Thou gav'st me thine not to give back again.

022

당신이 젊음을 유지하고 있는 동안

거울을 보면 내가 늙었다고 생각지 않는다.

하지만 당신 이마에 주름이 잡히는 것을 보면,

죽음은 나의 인생에 종막을 고할 것이라 생각한다.

당신을 감고 있는 아름다움은

내 마음을 감싸는 의상이다.

당신 마음속에 내가 살고, 내 마음속에 그대가 살면,

어찌하여 내가 당신보다 더 늙었다 말할 수 있는가?

아, 님이여, 몸을 잘 보살피세요.

나도 자신을 위해서가 아니라, 당신을 위해 몸을 돌보며,

다정한 유모가 애기를 정성껏 위하고 키우듯이,

나는 그대를 극진히 지키면서 당신 마음을 껴안고 살겠어요.

　　내 마음이 상처를 입으면 당신은 온전하지 못합니다.

　　돌려주지 않아도 된다면서 그대는 그 마음을 주었습니다.

Edgar Degas, *Rehearsal of a Ballet on Stage*, 1874, Musée d'Orsay, Paris

As an unperfect actor on the stage
Who with his fear is put beside his part,
Or some fierce thing replete with too much rage,
Whose strength's abundance weakens his own heart;
So I for fear of trust forget to say
The perfect ceremony of love's rite,
And in mine own love's strength seem to decay,
O'ercharged with burden of mine own love's might.
O, let my books be then the eloquence
And dumb presagers of my speaking breast,
Who plead for love and look for recompense
More than that tongue that more hath more expressed.
    O, learn to read what silent love hath writ.
    To hear with eyes belongs to love's fine wit.

023

서툰 배우가 무대에 서게 되면,

기가 질려 제대로 대사를 못 하듯이,

격한 노여움으로 가슴이 메어,

넘치는 힘에 밀려 힘을 못 쓰듯이,

나도 자신이 없어서 어떻게 받아들여질까 두려워

사랑의 정식 고백을 잊어버린다.

자신의 사랑의 무게에 짓눌려,

나 자신의 사랑마저 쇠퇴한 것을 느낀다.

아, 그러니, 나의 시(詩)여, 가슴에 쌓인 말을

애타게 전하는 벙어리 대변자가 되어다오.

능숙한 말보다 더 사랑의 호소력이 있는 시집은

나에게 사랑에 대한 보상을 끝내 안겨줄 것이다.

　아, 소리 없는 사랑이 쓴 시를 읽도록 하세요.

　눈으로 듣는 것이 사랑의 진정한 지혜입니다.

Johannes Vermeer, *The Artist's Studio*, 1665, Kunsthistorisches Museum, Vienna

Mine eye hath played the painter and hath stelled
Thy beauty's form in table of my heart;
My body is the frame wherein 'tis held,
And perspective it is best painter's art.
For through the painter must you see his skill
To find where your true image pictured lies,
Which in my bosom's shop is hanging still,
That hath his windows glazed with thine eyes.
Now see what good turns eyes for eyes have done:
Mine eyes have drawn thy shape, and thine for me
Are windows to my breast, wherethrough the sun
Delights to peep, to gaze therein on thee.
   Yet eyes this cunning want to grace their art:
   They draw but what they see, know not the heart.

024

나의 눈은 화가, 마음속 화폭에

당신의 아름다운 모습을 그려둔다.

나의 육체는 액자, 그림을 수납한다.

이토록 멋진 원근법으로 그린 그림은 없다.

자신의 진실한 모습을 그린 초상을 보기 위해서는

화가의 눈을 통해서 보고, 그 기법을 알아야 한다.

당신의 초상이 걸려 있는 내 마음의 화실 창에는

당신의 눈이 창문의 유리가 되고 있다.

이렇게 해서 눈과 눈은 협조해서,

내 눈은 당신을 그리고, 당신은 내 마음의 창문이 된다.

그 창문을 통해 태양이 기쁜 마음으로 방 안을 기웃거리며

그 속에 있는 당신을 응시하고 있다.

　　눈은 기술이 모자라 작품을 아름답게 꾸밀 줄 모른다.

　　눈에 보이는 것은 그릴 수 있어도, 마음속까지 그릴 수 없다.

John Simmons, *Hermia and Lysander. A Midsummer Night's Dream*, 1870, Private collection

Let those who are in favour with their stars
Of public honor and proud titles boast,
Whilst I, whom fortune of such triumph bars,
Unlocked for joy in that I honor most,
Great princes' favorites their fair leaves spread
But as the marigold at the sun's eyes,
And in themselves their pride lies buried,
For at a frown they in their glory die.
The painful warrior famousèd for worth,
After a thousand victories once foiled,
Is from the book of honor razèd quite,
And all the rest forgot for which he toiled,
   Then happy I, that love and am beloved
   Where I may not remove nor be removed.

025

행운의 별자리서 태어난 사람들은

명예로운 지위와 빛나는 칭호를 자랑해도 좋다네.

나는 운명적으로 그런 승리의 영광을 얻지 못했지만,

뜻밖에도 최고의 명예라고 생각되는 기쁨을 얻었지.

왕후(王侯) 제신들이 아름다운 꽃잎을 펼치는 것은

금잔화가 햇빛을 쫓는 격이어서,

그들의 화려한 모습도 일장춘몽이라네.

태양이 상을 찌푸리면 그들은 한낱 영광 속 거품일세.

백전백승 용감한 장군도

천 번 싸워 한 번 지면

명예의 기록에서 이름이 지워지고,

고생 끝 얻은 수훈도 헛일이 되고 마네.

　　그러니, 헤어지지도 쫓겨나지도 않으면서,

　　나는 사랑하고, 사랑받으니 얼마나 행복한가.

Jacques-Louis David, *Napoleon Crossing the Alps*, 1801, Château de Malmaison, Paris

Lord of my love, to whom in vassalage
Thy merit hath my duty strongly knit,
To thee I send this written embassage
To witness duty, not to show my wit;
Duty so great, which wit so poor as mine
May make seem bare, in wanting words to show it,
But that I hope some good conceit of thine
In thy soul's thought, all naked, will bestow it;
Till whatsoever star that guides my moving
Points on me graciously with fair aspect,
And puts apparel on my tattered loving
To show me worthy of thy sweet respect.
　　Then may I dare to boast how I do love thee;
　　Till then, not show my head where thou mayst prove me.

026

나의 사랑하는 군주여, 당신의 신하로서

충성심을 바치기에 당신은 합당한 존재입니다.

당신에게 이 글을 바치는 것은

나의 글재주보다 나의 충성심을 보여드리기 위해서입니다.

언어가 부족해서 벌거벗은 모양새이지만,

사심 없는 나의 충정을

당신이 호감을 갖고 보시고,

당신 마음속에 이를 간직하도록 바라기 때문입니다.

나를 이끄는 인생의 별은 이윽고

나에게 결국은 은혜로운 방향으로 길을 인도할 것입니다.

그리고 나의 누더기 된 사랑에 아름다운 옷을 입혀,

"당신"의 눈에 흡족한 모습이 되도록 할 것입니다.

　　그렇게 되면 나는 당신의 사랑을 당당히 외칩니다.

　　그때까지, 당신이 시험하는 곳에 나는 나타나지 않습니다.

Jean-François Millet, *L'Ángelus*, 1857–59, Musée d'Orsay, Paris

Weary with toil, I haste me to my bed,
The dear repose for limbs wit travel tired,
But then begins a journey in my head
To work my mind when body's work's expired.
For then my thoughts, from far where I abide,
Intend a zealous pilgrimage to thee,
And keep my drooping eyelids open wide,
Looking on darkness which the blind do see;
Save that my soul's imaginary sight
Presents "thy" shadow to my sightless view,
Which like a jewel hung in ghastly night
Makes black night beauteous and her old face new.
    Lo, thus, by day my limbs, by night my mind,
      For thee and for myself no quiet find.

027

나는 지쳐서 침대 속으로 급히 몸을 눕히고,

여행 때문에 피로한 팔다리를 쉬게 합니다.

그러나 그 순간부터 머리 여행이 시작됩니다.

몸의 일은 끝났는데, 이번에는 마음이 움직입니다.

나의 소원은 지금 있는 곳에서 멀리 떠나서,

당신이 있는 곳으로 힘찬 순례길 가는 일입니다.

축 늘어지는 눈꺼풀을 활짝 열고,

맹인이 보는 어둠을 응시하면

내 영혼의 상상 속 시력은

"당신"의 모습을 맹인의 눈에 비춰줍니다.

그것은 무서운 밤을 장식하는 보석처럼

어두운 밤을 젊고 아름답게 만들어줍니다.

　이 때문에 낮에는 팔다리가, 밤에는 내 마음이,

　당신으로 향하는 여로로 쉴 수 없습니다.

Vincent van Gogh, *Starry Night Over the Rhône*, 1888, Musée d'Orsay, Paris

How can I then return in happy plight
That am debarred the benefit of rest,
When day's oppression is not eased by night,
But day by night and night by day oppressed;
And each, though enemies to either's reign,
Do in consent shake hands to torture me,
The one by toil, the other to complain
How far I toil, still farther off from thee?
I tell the day to please him thou art bright
And dost him grace when clouds do blot the heaven;
So flatter I the swart complexioned night,
When sparkling stars twire not, thou gild'st the even.
    But day doth daily draw my sorrows longer,
        And night doth nightly make grief's length seem stronger.

028

휴식의 은혜를 얻지 못한 내가

어찌 무사히 돌아올 수 있겠는가.

한낮의 고통은 밤이 되어도 누그러들지 않고,

낮이면 밤마다, 밤이면 낮으로 격심한데,

둘은 각기 나의 적수들이고, 나의 지배권을 노리면서,

나를 괴롭히기 위해 손잡고 협조합니다.

노역으로, 한탄으로 짓이기고 있습니다.

얼마나 더 일하고, 얼마나 떨어져 있어야 합니까?

나는 한낮을 향해 기쁨을 주려고 이렇게 말합니다. 당신이 빛나고 있는 동안

날이 흐려도 세상을 밝힐 수 있으니 아무 걱정 없습니다.

나는 어두운 밤의 얼굴에 아첨하며 이렇게 말합니다.

밤하늘에 반짝이는 별이 없어도, 저녁 하늘에 당신이 빛나고 있습니다.

　그럼에도 낮이 되면 나날이 슬픔의 시간은 길어지고,

　밤이 되면 밤마다 슬픔의 쓰라림은 깊어만 갑니다.

Alexander Nasmyth, *Robert Burns*, 1787, Scottish National Portrait Gallery, Edinburgh

When in disgrace with fortune and men's eyes,
I all alone beweep my outcast state,
And trouble deaf heaven with my bootless cries,
And look upon myself and curse my fate,
Wishing me like to one more rich in hope,
Featured like him, like him with friends possessed,
Desiring this man's art and that man's scope,
With what I most enjoy contented least;
Yet in these thoughts myself almost despising,
Haply I think on thee, and then my state,
Like to the lark at break of day arising
From sullen earth, sings hymns at heaven's gate;
 For thy sweet love remembered such wealth brings
 That then I scorn to change my state with kings.

029

운(運)도 다해서 사람으로부터 멸시당할 때,

나는 외롭게 버림받은 신세를 한탄하며,

무익한 외침으로 응답 없는 하늘을 원망하네.

내 신세 처량하다 저주하면서,

나보다 나은 사람 앞날을 부러워하네.

그 사람처럼 생기고, 그 사람 같은 친구 소원하며,

그 사람의 학식과 도량을 갖고자 바라면서,

나는 타고난 자질에 대해 엄청 불만스럽네.

이런 생각으로 나 자신을 경멸하면서도,

문득 당신 생각을 하면, 그것만으로도,

나는 새벽하늘 치솟는 종달새처럼

참담한 지상을 떠나 천당 앞에서 찬양 노래 부른다네.

　사랑스런 당신 회상하면 그것으로 나는 행복해져,

　이 몸을 제왕과도 바꾸지 않겠다는 생각을 한다네.

Joseph Mallord William Turner, *The Slave Ship*, 1840, Museum of Fine Arts Boston, Boston

When to the sessions of sweet silent thought
I summon up remembrance of things past,
I sigh the lack of many a thing I sought,
And with old woes new wail my dear time's waste;
Then can I drown an eye, unused to flow,
For precious friends hid in death's dateless night,
And weep afresh love's long since canceled woe,
And moan th' expense of manu a vanished sight.
Then can I grieve at grievances foregone,
And heaavily from woe to woe tell o'er
The sad account of fore-bemoaned moan,
Which I new pay as if not paid before,
    But if the while I think on thee, dear friend,
    All losses are restored and sorrows end.

030

달콤한 침묵이 깔린 마음의 법정에

지나간 추억을 소환하면,

내가 찾는 많은 사연이 없어서 한숨 짓고,

시간 낭비한 옛 슬픔을 새삼스레 개탄한다.

끝없는 죽음의 밤에 사라진 귀한 친구를 위해,

보통 때 흘리지 않는 눈물을 눈에 담고,

끝나버린 사랑의 슬픔 때문에 울면서,

수많은 일들이 사라진 것을 아쉬워한다.

지나간 슬픔을 되새기면서 새삼 슬퍼하고,

숱한 고통의 사연을 하나씩 헤어보면서,

이미 끝난 슬픈 사연을 다시 청산하며,

하지 않았던 계산인 양 다시 지불한다.

　　그러나 사랑하는 친구여, 그대를 생각하면,

　　모든 손실은 보상되고 슬픔은 끝난다.

Henri De Toulouse-Lautrec, *Portrait of Vincent van Gogh*, 1887,
Van Gogh Museum, Amsterdam

Thy bosom is endeared with all hearts
Which I by lacking have supposed dead,
And there reigns love and all love's loving parts,
And all those friends which I thought buried.
How many a holy and obsequious tear
Hath dear religious love stol'n from mine eye,
As interest of the dead, which now appear
But things remove that hidden in thee lie.
Thou art the grave where buried lover doth live,
Hung with the trophies of my lovers gone,
Who all their parts of me to thee did give;
That due of many now is thine alone.
    Their images I loved I view in thee,
        And thou, all they, hast all the all of me.

031

만나지 않아서 죽었다고 생각한 사람들 마음 모두 가졌으니

당신의 가슴은 아주 소중한 것이 되었다.

사랑과, 사랑의 모든 것들, 그리고 매장되었다고 생각한

모든 친구들이 당신의 가슴을 지배하고 있다.

얼마나 많은 거룩하고 구슬픈 애도의 마음이

나의 눈에서 경건한 사랑의 눈물을 빼앗았는가.

그런 눈물을 받는 것은 죽은 자들의 권리이기에,

죽은 자들은 지금 "당신"의 가슴속에 숨어 있다.

당신은 매장된 사랑이 살아서 존재하는 무덤이다.

나를 사랑한 죽은 자들의 기념품이 그곳을 장식하고 있다.

나에 대한 그들의 요구가 당신에게 옮겨지고

많은 사람의 권리가 지금은 다 당신의 것이 되었다.

　　그들은 나에게서 받은 사랑을 당신에게 주었으니,

　　당신은 그들의 전부요, 나의 모든 것을 갖고 있다.

John Singer Sargent , *An Out-of-Doors Study*, 1889, Brooklyn Museum, New York

If thou survive my well-contented day
When that churl Death my bones with dust shall cover,
And shalt by fourtune once more resurvey
These poor rude lines of thy deceased lover,
Compare them with the bett'ring of the time,
And though they be outstripped by every pen,
Reserve them for my love, not for their rhyme,
Exceeded by the height of happier men.
O, then vouchsafe me but this loving thought:
"Had my friend's muse grown with this growing age,
A dearer birth than this his love had brought
To march in ranks of better equipage.
    But since he died and poets better prove.
    Theirs for their style I'll read, his for his love."

032

만약에 당신이 나보다 더 오래 산다면,

흉측한 죽음이 나의 뼈를 흙으로 덮을 때,

한때 당신의 연인이 써놓은 미숙한 시를

우연한 기회에 읽을 일이 있다면,

시대에 따라 발전한 후세의 시와 비교해서,

낙후된 것을 알게 되더라도,

다른 행운의 시대 시인과는 비교가 안 되는

작품의 우열로서가 아니라, 나의 사랑을 기념해서

이 시를 간직해요, 그때가 되면 이렇게 생각하세요.

"내 친구의 시심(詩心)이 시대와 더불어 발전했다면,

그의 사랑은 더 가치 있는 작품을 잉태했을 것이며,

더 나은 시를 남겨, 우수한 시인의 대열에 끼었을 것이다.

　　그러나 그는 사망하고, 다른 시인들은 발전했다.

　　그들의 시는 문체 때문에, 그의 시는 사랑 때문에 읽는다."

Frits Thaulow, *The Mills at Montreuil-sur-Mer, Normandy*, 1891, Minneapolis Institute of Art, Minneapolis

Full many a glorious morning have I seen
Flatter the mountain tops with sovereign eye,
Kissing with golden face the meadows green,
Gilding pale streams with heavenly alchemy,
Anon permit the basest clouds to ride
With ugly rack on his celestial face,
And from the forlorn world his visage hide,
Stealing unseen to west with this disgrace.
Even so my sun one early morn did shine
With all-triumphant splendor on my brow,
But, out alack, he was but one hour mine;
The region cloud hath masked him from me now.
    Yet him for this my love no whit disdaineth;
    Suns of the world may stain when heaven's sun staineth.

033

나는 보았다. 해맑은 아침이면 눈부신 태양이

찬란한 빛으로 산봉우리 감싸고,

푸른 목장에 얼굴을 비비며,

흐르는 시냇물 금빛으로 물들게 하는 것을.

그리고 또 보았다.

더러운 먹구름으로 태양이 얼굴을 가리고,

쓸쓸한 세상에서 몸을 숨기며,

부끄럽게 도망치듯 서쪽으로 가는 것을.

그럼에도 태양은 어느 날 이른 아침,

내 이마에 빛을 쏟으며 반짝이다가,

슬프게도 한 시간 머물고,

하늘을 덮은 구름에 가려 사라졌다.

　　그래도 나는 태양을 사랑한다.

　　하늘의 태양이 빛을 잃으면, 지상의 태양도 더럽혀진다.

James Abbott McNeill Whistler, *Symphony in White, No. 1: The White Girl*, 1862, National
Gallery, Washington

Why didst thou promise such a beauteous day
And make me travel forth without my cloak,
To let base clouds o'ertake me in my way,
Hiding thy brav'ry in their rotten smoke?
'Tis not enough that through the cloud thou break
To dry the rain on my storm-beaten face,
For no man well of such a salve can speak
That heals the wound and cures not the disgrace.
Nor can thy shame give physic to my grief;
Though thou repent, yet I have still the loss.
Th' offender's sorrow lends but weak relief
To him that bears the strong offense's cross.
    Ah, but those tears are pearl which thy love sheds,
    And they are rich and ransom all ill deeds.

034

나에게 맑고 아름다운 날을 약속하고

나로 하여금 외투 없이 외출하라 했는데,

어찌하여 도중에 먹구름 풀어 나를 쫓도록 만들고,

당신은 독기 서린 연기 속에 눈부신 모습을 감추었나요?

당신이 구름 사이로 다시 나타나서

비바람 내리친 내 얼굴 마르게 해도, 그것으로는 부족합니다.

몸의 상처는 고치고, 치욕의 상처를 내버려두면

그런 연고(軟膏)는 아무도 칭찬하지 않습니다.

당신이 후회해도 슬픔은 완화되지 않기에,

당신의 치욕은 내 슬픔의 약이 되지 못하고,

범법자의 슬픔은 처참한 해독을 입은

수난(受難)자에게는 아무런 위로가 되지 못합니다.

아아, 당신의 사랑이 흘리는 눈물은 진주,

그 가치는 모든 죄를 보상하고도 남습니다.

Anthony van Dyck, *Lady Elizabeth Thimbleby and Dorothy, Viscountess Andover*, 1637, National Gallery, London

No more be grieved at that which thou hast done.
Roses have thorns, and silver fountains mud;
Clouds and eclipses stain both moon and sun,
And loathsome canker lives in sweetest bud.
All men make faults, and even I in this,
Authorizing thy trespass with compare,
Myself corrupting salving thy amiss,
Excusing thy sins more than thy sins are.
For to thy sensual fault I bring in sense —
Thy adverse party is thy advocate —
And 'gainst myself a lawful plea commence.
Such civil war is in my love and hate
    That I an accessary needs must be
    To that sweet thief which sourly robs from me.

035

당신이 한 일을 더 이상 슬퍼하지 마세요.

장미는 가시가 있죠, 은빛 분수 바닥에는 흙이 있어요.

구름이나 일식은 태양과 달을 가리지요.

향기로운 꽃봉오리에는 역겨운 벌레가 있어요.

인간은 누구나 죄를 범하죠. 나도 마찬가지입니다.

당신이 저지른 과오를 다른 예와 비교해서 옹호하고,

당신의 죄를 필요 이상 변호하며 나 자신을 타락시키면서,

당신이 저지른 것 이상으로 당신의 죄를 용서합니다.

나는 당신의 육체적 과오에 대해서 이유를 달고,

당신의 고발자이면서 동시에 당신의 변호인이 되어,

나 자신을 상대로 정당한 소송을 제기하고 있습니다.

사랑과 미움이 내 속에서 소용돌이 치고 있기 때문이죠.

　　나로부터 내 것을 사정없이 훔쳐가는 사랑스런

　　도적인 당신은 나의 공범자가 될 수밖에 없습니다.

Jan van Eyck, *Portrait of Giovanni Arnolfini and his Wife*, 1434, National Gallery, London

Let me confess that we two must be twain
Although our undivided loves are one;
So shall those blots that do with me remain,
Without thy help, by me be borne alone.
In our two loves there is but one respect,
Though in our lives a separable spite,
Which though it alter not love's sole effect,
Yet doth it steal sweet hours from love's delight.
I may not evermore acknowledge thee,
Lest my bewailed guilt should do thee shame,
Nor thou with public kindness honor me
Unless thou take that honor from thy name.
    But do not so. I love thee in such sort
      As, thou being mine, mine is thy good report.

036

비록 우리 사랑이 하나로 합쳤다 해도

우리는 둘로 나누어진 두 사람입니다.

그래서 내가 입은 오명(汚名)도 언제까지나

당신의 도움 없이 혼자서 뒤집어써야 합니다.

우리 두 사랑은 하나로 생각되어도,

우리 인생은 부당한 작별의 운명입니다.

비록 사랑의 온전한 은혜는 변하지 않지만,

사랑의 기쁨에서 달콤한 시간은 사라집니다.

나는 앞으로 당신을 두 번 다시 인정하지 않으렵니다.

개탄스런 나의 죄가 당신에게 해가 되지 않기 위해서지요.

당신의 명예가 당신의 이름에서 사라지지 않도록

공개적으로 나에게 선심을 베풀지 말아주세요.

　　그러지 말아주세요. 내가 당신을 사랑하는 것은

　　당신이 나이기에, 당신의 명성도 내 것이기 때문입니다.

George Romney, *Lady Hamilton*, 1791, Blanton Museum of Art, Austin

As a decrepit father takes delight
To see his active child do deeds of youth,
So I, made lame by fortune's dearest spite,
Take all my comfort of thy worth and truth.
For whether beauty, birth, or wealth, or wit,
Or any of these all, or all or more,
Entitled in thy parts do crowned sit,
I make my love engrafted to this store.
So then I am not lame, poor, nor despised
Whilst that this shadow doth such substance give
That I in thy abundance am sufficed
And by a part of all thy glory live.
    Look what is best, that best I wish in thee.
    This wish I have, then ten times happy me.

037

나는 운명의 저주로 불구의 몸이지만,

노쇠한 아버지가 기운 넘친 아들의

젊은 행동을 보고 기뻐하는 것처럼,

당신의 성실한 인품에 위안을 얻습니다.

미모, 가문, 부귀, 지혜, 이 모든 것, 그리고

그 이상의 권위 등 모든 것이 갖추어져

당신은 미덕의 왕좌에 군림하고,

나는 당신의 보고(寶庫)에 사랑을 접목합니다.

그랬더니 당신의 은혜로운 그림자에 영향을 받고,

나는 생기를 얻어, 가난에서 벗어나, 아무런 차별도

받지 않고, 당신의 다복하고 풍성한 몸이 되어,

당신의 영광을 나누고 누리며 살아갑니다.

　　당신이 지닌 최고의 것을 나는 소망합니다.

　　바라기만 해도 나는 열 배나 더 행복합니다.

Jean Auguste Dominique Ingres, *The bather of Valpençon*, 1808, Louvre Museum, Paris

How can my muse want subject to invent
While thou dost breathe that pour'st into my verse
Thine own sweet argument, too excellent
For every vulgar paper to rehearse?
O, give thyself the thanks if aught in me
Worthy perusal stand against thy sight,
For who's so dumb that cannot write to thee
When thou thyself dost give invention light?
Be thou the tenth muse, ten times more in worth
Than those old nine which rhymers invocate;
And he that calls on thee, let him bring forth
Eternal numbers to outlive long date.
　　If my slight muse do please these curious days,
　　The pain be mine, but thine shall be the praise.

038

살아 있는 당신, 당신이라는 아름다운 주제가

나의 시에 입김을 불어 넣으면. 나의 시는

주제의 빈곤을 느끼지 않습니다. 당신이라는 주제는

보통 시가 다루기에는 너무나 탁월한 내용입니다.

나의 시에 당신이 읽을 만한 것이 눈에 뜨이면,

찬사는 당신에게 돌아갑니다.

당신이 나에게 시적 상상을 불러일으키는데,

침묵으로 당신에게 응답할 수 있겠습니까?

옛 시인이 불러내는 아홉 명 뮤즈보다

당신은 열 배나 더 가치 있는 열 번째 뮤즈가 되세요.

당신을 불러내는 시인에게는 후세에 길이 남는

불멸의 명작을 안겨주세요.

　보잘것없는 나의 시가 까다로운 세상에도 먹히면,

　고생은 나의 것이요, 칭찬은 당신의 것이 됩니다.

Sophie Gengembre Anderson, *Take the fair face of Woman*, Private collection

O, how thy worth with manners may I sing
When thou art all the better part of me?
What can mine own praise to mine own self bring,
And what is 't but mine own when I raise thee?
Even for this let us divided live
And our dear love lose name of single one,
That by this separation I may give
That due to thee which thou deserv'st alone.
O absence, what a torment wouldst thou prove
Were it not thy sour leisure gave sweetly doth deceive,
To entertain the time with thoughts of love,
Which time and thoughts so sweetly dost deceive,
    And that thou teachest how to make one twain
    By praising him here who doth hence remain.

039

당신은 나의 장점을 모두 갖고 있어요.

당신의 미덕을 칭찬해도 불손인가요?

당신을 찬양하는 일은 나를 칭찬하는 일인데,

나를 찬양한다 해도 무슨 득이 있겠어요?

그러니 우리 이별하고 살아갑시다.

둘의 사랑을 하나라 묶어두지 않기 위해서죠.

헤어지면 당신 혼자 받는 사랑을

나는 당신에게 바칠 수 있습니다.

사랑의 추억으로 달콤한 시간을 보낼 수 있다면,

이별은 너무나 참담한 고통이지만,

쓰라린 휴가는 달콤한 시간을 주기에

추억의 시간을 감미롭게 맛볼 수 있습니다.

　　떠나간 사람을 이 시 한 줄로 찬양할 수 있다면

　　하나의 사랑이 둘이 되는 것을 가르쳐줍니다.

Raphael, *Self-portrait of Raphael*, 1506, Uffizi Gallery, Florence

Take all my loves, my love, yea, take them all.
What has thou then more than thou hadst before?
No love, my love, that thou mayst true love call;
All mine was thine before thou hadst this more.
Then, if for my love thou my love receivest,
I cannot blame thee for my love thou usest;
But yet be blamed if thou thyself deceivest
By wilful taste of what thyself refusest.
I do forgive thy robb'ry, gentle thief,
Although thou steal thee all my poverty;
And yet love knows it is a greater grief
To bear love's wrong than hate's known injury.
    Lascivious grace, in whom all ill well shows,
    Kill me with spites, yet we must not be foes.

040

사랑하는 님이여, 내가 아끼는 모든 것을 갖고 가세요.

그렇게 되면, 당신은 그전보다 재산이 더 늘어나지요?

사랑하는 님이여, 지금 나에게는 진정한 사랑이 없습니다.

당신이 내 연인을 빼앗기 전 내 사랑은 당신이었습니다.

당신이 내 사랑을 위한다면서 내 연인을 빼앗는다고 해서,

내 연인을 차지한 당신을 나는 비난하지 않습니다.

하지만 당신의 분신인 나를 배신하고, 당신이 이기적인

마음으로 거부했던 것을 다시 차지했다면 비난을 받아야 합니다.

점잖은 도적이여, 당신은 나의 가난한 재산을

모두 훔쳤지만, 나는 당신의 도적질을 용서합니다.

증오심이 만드는 상처는 그렇다 하더라도

사랑의 배신은 연인들이 견딜 수 없는 큰 슬픔입니다.

　　바람둥이 귀공자여, 당신의 모든 악행이 훤히 보입니다.

　　비록 참살을 당해도, 당신의 적이 되고 싶지는 않습니다.

Frederic Leighton, *Flaming June*, 1895, Museo de Arte de Ponce, Ponce

Those pretty wrongs that liberty commits
When I am sometime absent from thy heart,
Thy beauty and thy years full well befits,
For still temptation follows where thou art.
Gentle thou art, and therefore to be won;
Beauteous thou art, therefore to be assailed;
And when a woman woos, what woman's son
Will sourly leave her till he have prevailed?
Ay me, but yet thou mightst my seat forbear,
And chide thy beauty and thy straying youth,
Who lead thee in their riot even there
Where thou art forced to break a twofold truth:
   Hers, by thy beauty tempting her to thee,
   Thine, by thy beauty being false to me.

041

내가 잠시 당신의 마음을 떠나 있을 때,

방탕한 마음으로 사소한 잘못을 저지르는 것은,

그대 있는 곳에 항상 유혹이 따르기 때문에,

당신의 미모와 젊음에 합당한 일이긴 하다.

유순한 당신은 쉽게 말려들지.

아름다운 당신은 유혹의 대상이지.

여인이 구애하면, 어느 남자인들

쉽사리 그 여인을 버릴 수 있겠는가?

그대는 내 자리를 빼앗지 않았지만, 그런데도

나는 그대의 미모와 빗나간 젊음을 꾸짖고 싶다.

미모와 젊음은 혈기 왕성한 그대를 어지럽히고,

결국은 두 가지 진실을 깨뜨려버렸기 때문이다.

　　미모로 여인을 그대 곁으로 유혹하고,

　　그대는 미모로 또한 나를 배신했다.

Joseph Lange, *Mozart at the Pianoforte*, 1789, Mozart museum, Salzburg, Austria

That thou hast her, it is not all my grief,
And yet it may be said I loved her dearly;
That she hath thee is of my wailing chief,
A loss in love that touches me more nearly.
Loving offenders, thus I will excuse ye:
Thou dost love her because thou know'st I love her,
And for my sake even so doth she abuse me,
Suff'ring my friend for my sake to approve her.
If I lose thee, my loss is my love's gain,
And losing her, my friend hath found that loss;
Both find each other, and I lose both twain,
And both for my sake lay on me this cross.
    But here's the joy: my friend and I are one;
    Sweet flattery! then she loves but me alone.

042

나는 그녀를 몹시 사랑하고 있다고 말할 수 있지만,

당신이 그녀를 차지한 일은 나의 슬픔의 전부가 아니다.

나의 비탄은 그녀가 당신을 차지한 일이다.

사랑의 상실은 더욱더 나를 괴롭히고 있다.

사랑의 죄인들을 위하여 나는 이렇게 변명하겠다.

그녀에 대한 나의 사랑을 알고 당신은 그녀를 사랑했다.

그녀는 또한 나에 대한 사랑으로 인해 나를 배신했다.

나를 위해서, 친구여, 당신이 그녀를 탐하도록 허락한다.

내가 당신을 잃게 되면, 내 손실은 내 사랑의 득(得)이다.

내가 그녀를 잃게 되면, 내 친구는 그 손실을 발견한다.

내가 둘 다 잃게 되면, 둘은 서로가 서로를 발견한다.

그리고 나를 위해 이 십자가를 내가 짊어지도록 만든다.

　　그러나 여기에 기쁨이 있다. 내 친구와 나는 하나이기 때문에

　　아, 달콤한 아첨이여! 그녀는 나 혼자만을 사랑한다.

Henri De Toulouse-Lautrec, *The Laundress*, 1884–86, Private collection

When most I wink, then do mine eyes best see,
For all the day they view things unrespected;
But whn I sleep, in dreams they look on thee
And, darkly bright, are bright in dark directed.
Then thou whose shadow shadows doth make bright,
How would thy shadow's form form happy show
To the clear day with thy much clearer light
When to unseeing eyes thy shade shines so!
How would, I say, mine eyes be blessed made
By looking on thee in the living day,
When in dead night thy fair imperfect shade
Through heavy sleep on sightless eyes doth stay!
   All days are nights to see till I see thee,
    And nights bright days when dreams do show thee me.

043

내 눈은 감고 있을 때 더 잘 볼 수 있어요.

낮 동안 눈을 뜨고 있지만 보이는 것이 없어요.

어둠 속에서 더욱더 빛나는 내 눈은,

잠들고 있을 때, 꿈속에서 그대를 봅니다.

그렇게 되면 그대 모습이 밤의 그림자를 밝힙니다.

밝은 낮 더욱더 밝은 빛으로 당신의 모습이

실제로 나타나면 얼마나 좋을까요,

당신의 모습이 눈이 어두운 사람들에게도 밝게 빛나기 때문이죠!

대낮 불빛 속에서 그대의 모습을 볼 수 있다면,

거듭 말하지만, 내 눈은 얼마나 호강스러울까요,

그대 모습은, 한밤중 깊은 잠, 꿈속에서

시력이 없는 내 눈에 아름다운 허상으로 나타나기 때문이죠!

　　당신을 볼 때까지 모든 낮은 밤입니다.

　　꿈에서 당신을 보면 모든 밤은 밝은 대낮입니다.

Frits Thaulow, *Winter at the River Simoa*, 1883, National Gallery of Norway, Oslo

If the dull substance of my flesh were thought,
Injurious distance should not stop my way,
For then, despite of space, I would be brought
From limits far remote, where thou dost stay.
No matter then although my foot did stand
Upon the farthest earth removed from thee,
For nimble thought can jump both sea and land
As soon as think the place where he would be.
But, ah, thought kills me that I am not thought.
To leap large lengths of miles when thou art gone,
But that, so much of earth and water wrought,
I must attend time's leisure with my moan;
　　Receiving nought by elements so slow
　　But heavy tears, badges of either's woe.

044

만약에 이 무거운 육체가 발 빠른 '생각'으로 둔갑한다면,

훼방꾼 먼 거리도 내 발길을 멈추게 할 순 없을 거다.

비록 내 발이 당신으로부터

멀리 떨어진 변경에 서 있더라도

별 문제 없이 나는 당신 곁으로 직행할 수 있다.

발 빠른 생각은 가고 싶은 곳을 생각만 해도

바다도 육지도 단숨에 뛰어넘을 수 있다.

하지만, 이 몸은 생각이 아니기 때문에

그런 생각이 나를 짓누르고,

천 리 길 달려 그대 곁에 갈 수 없다.

이 몸이 흙과 물로 이루어졌으니,

신음 소리 내면서 재회의 시간을 기다릴 수밖에 없다.

　흙과 물은 느린 원소이기 때문에

　슬픔의 표시인 눈물만이 남는다.

Peter Paul Rubens, *Self portrait with Isabella Brandt, his first wife, in the honeysuckle bower*, 1609,
Alte Pinakothek, Maxvorstadt

The other two, slight air and purging fire,
Are both with thee, wherever I abide;
The first my thought, the other my desire,
These present-absent with swift motion slide.
For when these quicker elements are gone
In tender embassy of love to thee,
My life, being made of four, with two alone
Sinks down to death, oppressed with melancholy;
Until life's comnposition be recured
By those swift messengers returned from thee,
Who ev'n but now come back again, assured
Of thy fair health, recounting it to me.
    This told, I joy; but then, no longer glad,
    I send them back again and straight grow sad.

045

두 개의 원소, 가벼운 공기와 정화의 불길은,

내가 어디 있어도 당신과 함께 존재합니다.

그중 하나는 나의 '생각,' 또 다른 것은 나의 '욕망'입니다.

있다가도 없는 이 원소는 빠른 움직임으로 흘러갑니다.

이 두 원소가 당신 곁으로

사랑의 사자(使者)로서 가버리면,

네 가지 원소로 존재하는 나의 목숨은 두 가지 원소가 되어,

우울증에 짓눌려 죽음으로 침강(沈降)합니다.

이윽고 민첩한 사자들이 당신으로부터 돌아오면

원소의 조합이 복귀되어 생명이 소생합니다.

지금 그 사자들이 돌아와서, 당신의 건강이

좋아졌다고 나에게 소식을 전해줍니다.

　　이 소식은 기쁜 일이지만 오래가지 않습니다.

　　사자들을 돌려보내면, 슬픔이 되돌아옵니다.

François Boucher, *Madame de Pompadour*, 1757, Scottish National Gallery, Edinburgh

Mine eye and heart are at a mortal war
How to divide the conquest of thy sight.
Mine eye my heart thy picture's sight would bar,
My heart mine eye the freedom of that right.
My heart doth plead that thou in him dost lie,
A closet never pierced with crystal eyes;
But the defendant doth that plea deny,
And says in him thy fair appearance lies.
To 'cide this title is impanelèd
A quest of thoughts, all tenants to the heart,
And by their verdict is determined
The clear eyes' moiety and the dear heart's part,
    As thus: mine eyes' due is thy outward part
    And my heart's right, thy inward love of heart.

046

쟁취한 당신을 어떻게 분배하느냐는 문제로

나의 눈과 마음은 격렬하게 혈투를 벌이고 있습니다.

나의 눈은 마음에게 당신의 초상화를 보여주지 않으려고 합니다.

나의 마음은 자유를 바라보는 눈의 권리를 빼앗으려고 합니다.

마음은, 투명한 눈도 투시 못 하는 밀실인데,

당신이 자신의 내면에 존재한다고 말하고 있습니다.

눈은 피고로서 그 진술을 부인합니다.

당신의 아름다운 모습이 그 속에 있다고 주장합니다.

그 소유권을 심판하기 위해 배심원으로서

마음의 시종들인 '사고(思考)' 일행이 선발됩니다.

이들의 판결로서 시야가 밝은 눈과

정이 두터운 마음의 지분(持分)이 결정됩니다.

　　눈이 차지한 것은 당신의 겉모습이요,

　　마음이 차지한 것은 당신의 애정입니다.

Berthe Morisot, *The Cradle*, 1872, Musée d'Orsay, Paris

Betwixt mine eye and heart a league is took,
And each doth good turns now into the other.
When that mine eye is famished for a look,
Or heart in love with sighs himself doth smother,
With my love's picture then my eye doth feast
And to the painted banquet bids my heart.
Another time mine eye is my heart's guest
And in his thoughts of love doth share a part.
So, either by thy picture still with me;
Thyself away are present still with me;
For thou no farther than my thoughts canst move,
And I am still with them, and they with thee;
    Or, if they sleep, thy picture in my sight
    Awake my heart to heart's and eye's delight.

047

나의 눈과 마음 사이 약정이 이뤄져,

서로 우호적인 관계가 맺어졌어요.

내 눈이 당신을 보고파 안달하면,

마음은 사랑의 한숨으로 메어지지요.

내 눈이 당신의 초상화를 먹이 삼아,

그림으로 그려진 향연에 마음을 초대하네요.

때로는 내 눈이 마음의 초대를 받아,

사모의 정으로 마음은 대접을 받지요.

그래서 당신의 초상화와 사모의 정 때문에,

떠나 있어도 당신은 언제나 내 곁에 있어요.

당신은 내 생각 닿지 못한 곳에 갈 수 없으니,

나는 내 생각으로, 그 생각은 당신과 함께 있어요.

　　생각이 잠들어도, 내 눈 속에 초상화 있어

　　내 마음 눈뜨게 하고, 마음과 눈을 기쁘게 하죠.

Pierre-Auguste Renoir, *Dance at Bougival*, 1883, Museum of Fine Arts Boston, Boston

How careful was I, when I took my way,
Each trifle under truest bars to thrust,
That to my use it might unused stay
From hands of falsehood, in sure wards of trust!
But thou, to whom my jewels trifles are,
Most worthy comfort, now my greatest grief,
Thou best of dearest and mine only care,
Art left the prey of every vulgar thief.
Thee have I not locked up in any chest,
Save where thou art not, though I feel thou art,
Within the gentle closure of my breast,
From whence at pleasure thou mayst come and part;
    And even thence thou wilt be stol'n, I fear,
    For truth proves thievish for a prize so dear.

048

여행 갈 때, 나는 조심조심 자물쇠 채우고,

별수 없는 물건도 안전하게 챙겼지.

안전한 곳에 두면, 다시 쓸 때까지

도둑 손 닿지 않아 무사히 보관할 수 있었지.

당신과 비교하면 보석은 나에게 별수 없는 물건이지,

당신은 최상의 위로지만, 지금은 최대의 슬픔이네.

나의 사랑 당신은 나의 소중한 존재인데,

당신을 속수무책 좀도둑들 손에 놔뒀네.

당신을 궤(櫃)에 두고 자물쇠 채우지 않았네.

당신이 있다고 느끼지만, 실은 없는 내 마음속,

정이 넘치는 내 가슴속 울타리 안에 숨겨뒀네.

자유롭게 드나들고 나갈 수 있도록 해놨네.

　　고가한 보물은 정직한 사람을 도둑으로 만든다니,

　　당신을 도난당할까 봐 나는 근심 걱정 태산이라네.

Marcus Gheeraerts the Younger, *Queen Elizabeth I*, 1592, National Portrait Gallery, London

Against that time, if ever that time come,
When I shall see thee frown on my defects,
When as thy love hath cast his utmost sum,
Called to that audit by advised respects;
Against that time when thou shalt strangely pass
And scarcely greet me with that sun thine eye,
When love converted from the thing it was,
Shall reasons find of settled gravity;
Against that time do I ensconce me here
Within the knowledge of mine own desert,
And this my hand against myself uprear
To guard the lawful reasons on thy part.
    To leave poor me thou hast the strength of laws,
    Since why to love I can allege no cause.

049

이윽고 다가오는 그때를 대비해서,

나의 허물을 보고 당신이 얼굴을 찌푸릴 때,

당신은 사랑의 마지막 청산을 각오하며

신중한 생각을 거듭해서 도달하는

그런 순간이 오면 당신은 모른 척 내 곁을 지나가고

태양처럼 밝은 눈이건만 내게 인사조차 않는,

전과는 판이하게 식어버린 사랑에 대하여

당신은 덤덤해진 태도를 밝히는 구실을 찾게 된다.

그때를 대비해서 나는 몸을 사리고 지켜야 한다.

나의 부족한 처지를 알고 깨달아야 한다.

이 손을 들고 선서하고 자신에게 불리한 증언을 하며

당신의 올바른 증언을 옹호해야 한다.

  당신은 보잘것없는 나를 버리는 권리를 갖고 있다.

  나를 사랑해야 되는 이유를 당신은 갖고 있지 않다.

Henri Rousseau, *Tiger in a Tropical Storm*, 1891, National Gallery, London

How heavy do I journey on the way,
When what I seek, my weary travel's end,
Doth teach that ease and that repose to say
"Thus far the miles are measured from thy friend."
The beast that bears me, tired with my woe,
Plods dully on, to bear that weight in me,
As if by some instinct the wretch did know
His rider loved not speed, being made from thee.
The bloody spur cannot provoke him on
That sometimes anger trusts into his hide,
Which heavily he answers with a groan,
More sharp to me than spurring to his side;
    For that same groan doth put this in my mind;
    My grief lies onward and my joy behind.

050

무거운 짐 지고 고달픈 여로를 가네.

너무나 힘겨웠던 여로 끝에서 나는

휴식과 편안을 얻어도, 그것은 다만

"친구로부터 멀리 왔다"는 느낌뿐이라네.

나를 태운 말(馬)은 나의 비통함에 사무쳐서,

느린 걸음으로 내 무거운 마음을 안고 간다네.

속도를 내면 친구로부터 아주 멀리 간다는 것을,

주인은 원치 않는다는 것을 짐승은 알고 있기에.

때로는 홧김에 박차(拍車)로 말 등에 피를 내도,

짐승은 무겁고 고통스런 신음 소리로 응답할 뿐,

참고 견디며 느릿느릿 걸음을 옮기네.

그 일은 박차보다 더 큰 고통을 나에게 준다네.

　그 신음 소리가 나의 기억을 되살리고 있다네.

　가는 길은 고통이요, 뒤에 남은 것은 기쁨이라네.

Vincent van Gogh, *The Bedroom*, 1888, Van Gogh Museum, Amsterdam

Thus can my love excuse the slow offense
Of my dull bearer when from thee I speed:
From where thou art, why should I haste me thence?
Till I return, of posting is no need.
O, what I excuse will my poor beast then find
When swift extremity can seem but slow?
Then should I spur, through mounted on the wind;
In winged speed no motion shall I know.
Then can no horse with my desire keep pace;
Therefore desire, of perfecti'st love being made,
Shall neigh no dull flesh in his fiery race.
But love for love thus shall excuse my jade:
    "Since from thee going he went willful slow,
    Towards thee I'll run, and give him leave to go."

051

내가 당신으로부터 멀어질 때, 내 사랑은

느리게 가는 말(馬)의 죄를 용서할 것이다.

님으로부터 멀어지는데 왜 서두르느냐?

돌아올 때까지 급히 달리지 않아도 된다.

아무리 빨리 달려도 느린 감이 있는 귀로(歸路),

이 가련한 말이 무슨 변명을 할 수 있는가?

그때가 되면 바람 타고 가며 박차를 가하자.

날개를 펴고 날아도 움직임을 알 수 없다.

그때가 되면 어떤 말(馬)도 내 욕망을 따를 수 없다.

완벽한 사랑으로 다져진 욕망은 느린 몸뚱이가 아니다.

불꽃으로 날아가는 힝힝거리는 말(馬)의 울음소리다.

나의 애마(愛馬) 사랑은 쇠약한 말을 이렇게 위로할 것이다.

  "그 사람으로부터 멀어질 때 일부러 천천히 갔으나,

  그에게 돌아가는 길은 힘껏 달리도록 허락해주마."

Eugène Delacroix, *Liberty Leading the people*, 1830, Louvre Museum, Paris

So am I as the rich whose blessed key
Can bring him to his sweet up-locked treasure,
The which he will not ev'ry hour survey,
For blunting the fine point of seldom pleasure.
Therefore are feasts so solemn and so rare,
Since seldom coming in the long year set,
Like stones of worth they thinly placed are,
Or captain jewels in the carcanet.
So is the time that keeps you as my chest,
Or as the wardrobe which the robe doth hide
To make some special instant special blessed
By new unfolding his imprisoned pride.
    Blessed are you whose worthiness gives scope,
      Being had, to triumph, being lacked, to hope.

052

운 좋게도 열쇠를 가지면 나는 금고에 둔

보물을 가질 수 있는 부자가 될 수 있다.

부자도 매시간 보물을 살피지 않을 것이다.

그러면 간혹 보는 재미를 둔화시킨다.

기나긴 세월에 드물게 펼쳐지는

축제는 너무나 장엄하고 중요하다.

줄줄이 장식된 돌 가운데 자리한 보석이나

또는 목걸이 장식에 박힌 큰 보석처럼 말이다.

당신을 사람 눈 닿지 않는 곳에 감추는 시간은

의상을 감춰두는 옷장의 경우와도 같으며,

그곳에 보존된 귀중한 보물을 개방하면

특별한 순간은 특별한 축복의 순간이 된다.

　　다행히도 당신의 보람찬 인생을 환기(喚起)시킨다.

　　눈앞에 있으면 환희를, 없으면 재회의 희망을.

Anders Zorn, *Reveil*, 1892, Private collection

What is your substance, whereof are you made,
That millions of strange shadows on you tend?
Since everyone hath, every one, one shade,
And you, but one can every shadow lend.
Describe Adonis, and the counterfeit
Is poorly imitated after you;
On Helen's cheek all art of beauty set,
And you in Grecian tires are painted new.
Speak of the spring and foison of the year;
The one doth shadow of your beauty show,
The other as your bounty doth appear,
And you in every blessed shape we know.
  In all external grace you have some part,
  But you like none, none you, for constant heart.

053

당신의 실체는 무엇인가요, 무엇으로 만들어졌나요.

수백만 서로 다른 그림자가 당신을 따르고 있네요.

인간은 누구나 각자 한 가지 그림자를 갖고 있어요.

그런데, 당신은, 한 사람인데, 무수한 그림자 있네요.

비너스가 사랑한 미남 아도니스를 그림으로 그려봐도,

당신을 조잡하게 그린 가짜 그림에 지나지 않습니다.

트로이 전쟁의 원인이 된 미녀 헬렌을 재현해보면,

그리스 의상을 걸친 당신을 멋지게 그려낼 수 있지요.

봄을 이야기하고, 가을의 수확에 관해서 말해본다면;

봄은 당신의 아름다운 모습의 그림자에 지나지 않고,

가을은 당신의 풍성한 은혜의 그림으로 나타나지요.

우리는 여러 가지 축복받은 모습으로 당신을 봅니다.

　　당신은 모든 아름다운 것에 모습이 깃들고 있습니다.

　　당신은 당신일 뿐, 변하지 않는 마음은 당신뿐입니다.

Vincent van Gogh, *Irises*, 1890, Van Gogh Museum, Amsterdam

O, how much more doth beauty beauteous seem
By that sweet ornament which truth doth give.
The rose looks fair, but fairer we it seem
For that sweet odor which doth in it live.
The canker blooms have full as deep a dye
As the perfumed tincture of the roses,
Hang on such thorns, and play as wantonly
When summer's breath their masked buds discloses;
But, for their virtue only is their show,
They live unwooed and unrespected fade,
Die to themselves. Sweet roses do not so;
Of their sweet deaths are sweetest odors made,
   And so of you, beauteous and lovely youth,
    When that shall vade, by verse distils your truth.

054

마음의 진실이 풍기는 아름다운 장식을 달면

아아, 아름다움은 얼마나 더 아름답게 보일 것인가!

장미는 아름답다. 하지만, 장미의 싱그러운 향기가

살아나면, 더욱더 아름답게 보일 것이다.

들장미는 향기가 없지만, 깊은 색깔을 보면

향기로운 장미와 별 차이가 없어 보인다.

가시 있는 줄기서 싹이 트면서 여름 바람은

꽃봉오리 열고 장미와 희롱하며 놀고 있다.

들장미의 장점은 보고 즐기는 것뿐이다.

들장미는 찾는 이도, 돌보는 이도 없이 사라진다.

홀로 죽는다. 아름다운 장미는 그렇지 않다.

향기로운 죽음은 그지없이 향기로운 향수를 만든다.

　아름답고 사랑스런 젊은이여, 그대도 이와 같다.

　목숨이 멸(滅)해도, 시(詩) 속에 당신의 진실이 남는다.

John Singer Sargent, *Elizabeth Winthrop Chanler*, 1893, Smithsonian American Art Museum, Washington

Not marble or the gilded monuments
Of princes shall outlive this powerful rhyme,
But you shall shine more bright in these contents
Than unswept stone besmeared with sluttish time,
When wasteful war shall statues overturn,
And broils root out the work of masonry,
Nor Mars his sword nor war's quick fire shall burn
The living record of your memory.
'Gainst death and all oblivious enmity
Shall you peace forth; your praise shall still find room
Even in the eyes of all posterity
That wear this world out to the ending doom.
   So, till the judgment that yourself arise,
   You live in this, and dwell in lovers' eyes.

055

왕후(王侯)들의 대리석 조각, 금빛 기념비는

강렬한 시보다 오래 남지 못한다.

더러운 시간에 오염된 흙먼지 석비(石碑)보다

나의 시(詩)로 당신은 더욱 찬란히 빛날 것이다.

전쟁으로 황폐한 땅에서 수많은 조상(彫像)이 무너지고,

전란의 혼돈 속에서 석조 건물이 송두리째 사라져도,

당신의 기억이 남은 생생한 시의 기록은

군신(軍神) 마르스의 검(劍)으로도, 전화(戰火)로도 지울 수 없다.

당신은 죽음에 저항하고, 망각의 적수와 싸우며

꾸준히 가고 있다. 당신의 영예는

후세 사람들 눈에 비치고 반영되어

이 세상 끝날 때까지 살아남을 것이다.

　　최후의 심판, 당신이 부활하는 날까지,

　　시(詩)에 남아, 연인들 눈에 살아 있다.

Claude Monet, *The Magpie*, 1868–69, Musée d'Orsay, Paris

Sweet love, renew thy force. Be it not said
Thy edge should blunder be than appetite,
Which but today by feeding is allayed,
Tomorrow sharpened in his former might.
So, love, be thou. Although today thou fill
Thy hungry eyes even till they wink with fullness,
Tomorrow see again and do not kill
The spirit of love with a perpetual dullness.
Let this sad int'rim like te ocean be
Which parts the shore where two contracted new
Come daily to the banks, that, when they see
Return of love, more blessed may be the view.
    Or call it winter, which being full of care
      Makes summer's welcome, thrice more wished, more rare.

056

달콤한 사랑이여, 그 힘을 불러일으켜라.

너의 칼날이 욕망보다 무디다고 말하지 마라.

욕망은 하루만으로 충분히 충족되고,

내일 다시 갈아서 원래의 힘을 찾는데,

사랑이여, 너도 그렇게 되어라. 비록 오늘

굶주린 눈이 충만되어 깜박이다 잠들어도

내일 다시 활력에 넘쳐 크게 눈을 떠라.

한없이 우둔해져서 사랑의 숨통을 누르지 마라.

한동안의 이별이 재회의 바다처럼 되어라.

약혼한 두 쌍이 갈라진 양쪽 강기슭에 매일 와서

양안(兩岸)에 사랑이 다시 돌아온 것을 볼 때,

그 정경이 더욱더 커다란 축복이 되도록 하자.

    고난이 가득한 이 시기를 겨울이라 부르자

    애타게 기다리고 드물게 보는 여름을 환영하자.

Gustav Klimt, *Portrait of Rose von Rosthorn-Friedmann*, 1900–01, Private collection

Being your slave, what should I do but tend
Upon the hours and tines of your desire?
I have no precious time at all to spend
Nor services to do till you require.
Nor dare I chide the world-without-end hour
Whilst I, my sovereign, watch the clock for you,
Nor think the bitterness of absence sour
When you have bid your servant once adieu.
Nor dare I question with my jealous thought
Where you may be, or your affairs suppose,
But, like a sad slave, stay and think of nought
Save where you are how happy you make those.
  So true a fool is love that in your wlll,
  Though you do anything, he thinks no ill.

057

당신의 노예이기에, 당신이 소망하는 대로

시도 때도 없이 저는 당신을 섬기고 있습니다.

당신이 하명하지 않으시면 저는 보낼 시간도

할 일도 전혀 없습니다. 저의 주군이시여,

당신을 기다리며 시계를 보는 동안, 저는

무한히 시간이 흘러도 나무라지 않습니다.

또한 당신이 저에게 작별을 하고 가셔도

당신의 부재(不在)를 조금도 개탄치 않겠습니다.

당신의 소재를 탐색하거나, 무슨 일을 하시는지

시기심으로 캐묻는 일도 하지 않을 것입니다.

충실한 노예답게, 당신이 어디서 어떻게 주변 사람을

행복하게 해주고 있는지 그것만을 상상하고 있겠습니다.

　사랑은 진실로 바보 같아서 당신이 원하는 대로,

　무엇을 하든 간에 아무렇지도 않게 생각합니다.

József Rippl-Rónai, *Woman with a Birdcage*, 1892, Hungarian National Gallery

That god forbid, that made me first your slave,
I should in thought control your times of pleasure,
Or at your hand th' account of hours to crave,
Being your vassal bound to stay your leisure.
O, let me suffer, being at your beck,
Th' imprisoned absence of your liberty,
And patience, tame to sufferance, bide each check
Without accusing you of injury.
Be where you list, your charter is so strong
That you yourself may privilege your time
To what you will; to you it doth belong
Yourself to pardon of self-doing crime.
   I am to wait, though waiting so be hell,
    Not blame your pleasure, be it iil or well.

058

나를 처음 노예로 만든 신에 걸어서,

당신이 주신 쾌락의 시간을 제한한다거나,

어떻게 써야 할 것인지 따지지는 않겠습니다.

하인으로서 당신의 분부를 따라야 하기에,

나는 독방에 갇혀 있는 신세지만,

당신이 자유롭게 다녀도 개의치 않았습니다.

인내 속에서, 고통을 견디며, 비난을 묵인하고,

당신의 부당한 처사에 거스르지 않습니다.

당신이 원하는 대로 따를 것입니다.

당신 마음대로 하세요, 당신의 특권은 큽니다.

자신의 시간을 마음껏 사용할 수 있고, 자신의 범죄도

자신이 용서할 수 있는 권한을 당신은 지니고 있습니다.

　기다리는 일이 지옥일지라도, 나는 기다립니다.

　당신의 기쁨이 선이든 악이든 비난하지 않습니다.

Raphael, *The Transfiguration*, c.1520, Pinacoteca Vaticana, Vatican

If there be nothing new, but that which is
Hath been before, how are our brains beguiled,
Which, laboring for invention, bear amiss
The second burden of a former child.
O, that record could with a backward look,
Even of five hundred courses of the sun,
Show me your image in some antique book,
Since mind at first in character was done,
That I might see what the old world could say
To this composed wonder of your frame;
Whether we are mended, or whe'er better they,
Or whether revolution be the same.
    O, sure I am the wits of former days
    To subjects worse have given admiring praise.

059

태양 아래 새로운 것은 없고, 지금 있는 것은

과거에도 있었다는 말이 옳다고 한다면,

새로운 것이 태어나기 위해, 전에 태어난 아이를

다시 한번 출산한다면, 우리들의 두뇌는 속고 있다.

아, 정말이지, 과거를 보는 눈으로 기록을 보면서,

지난 오백 년 전 과거로 거슬러 올라갈 수 있다면,

그리고 사람들이 기록한 고서적에서,

당신의 모습을 찾을 수 있다면,

지금처럼 놀랍게 완성된 인간의 몸에 대해서

옛날 사람들은 어떻게 표현했는지 알 수 있고

우리들이 진보했는지, 그들이 발전했는지,

아니면 역사는 같은 일을 반복하고 있는지도 알 수 있다.

　　과거의 식자(識者)들은 지금보다 열등한 인간을

　　찬양했다는 사실을 나는 단정하며 언명할 수 있다.

Paul Gauguin, *Ta Matete*, 1892, Kunstmuseum Basel, Basel

Like as the waves make towards the pebbled shore,
So do our minutes hasten to their end,
Each changing place with that which goes before;
In sequent toil all forwards do contend.
Nativity, once in the main of light,
Crawls to maturity, wherewith being crowned,
Crooked eclipses 'gainst his glory fight,
And Time that gave doth now his gift confound.
Time doth transfix the flourish set on youth
And delves the parallels in beauty's brow,
Feeds on the rarities of Nature's truth,
And nothing stands but for his scythe to mow.
   And yet to times in hope my verse shall stand,
     Praising thy worth despite his cruel hand.

060

자갈이 깔린 해변에 파도가 밀리듯이,

우리들의 시간도 순간마다 종말로 향하고 있다.

밀리는 파도는 앞서간 파도와 자리를 바꾸고;

차례를 다투며 앞을 향해 경쟁하고 있다.

갓 태어난 아기는 빛의 파도 속에 태어나서

기어가며, 성장하고 어른이 되는데, 정점에 도달하면,

흉측한 그림자가 영광스런 빛에 도전하고,

시간이 주었던 것을 지금은 파괴하려고 한다.

시간은 청춘의 화려했던 분칠을 꿰뚫고 들어가

아름다운 이마에 거듭되는 주름을 깔면서,

완벽했던 자연의 모습을 해치고 있다.

시간이 휘두르는 큰 낫을 피할 길은 없다.

　　그러나 나의 시(詩)는 시간의 잔혹에 대항해서,

　　희망에 넘친 세월을 살아가며 그대를 찬양한다.

Edouard Manet, *Plum Brandy*, 1877, National Gallery, Washington

Is it thy will they image should keep open
My heavy eyelids to the weary night?
Dost thou desire my slumbers should be broken
While shadows like to thee do mock my sight?
Is it thy spirit that thou send'st from thee
So far from home into my deeds to pry,
To find out shames and idle hours in me,
The scope and tenor of thy jealousy?
O, no. Thy love, though much, is not so great.
It is my love that keeps mine eye awake,
Mine own true love that doth my rest defeat
To play the watchman ever for thy sake.
　　For thee watch I whilst thou dost wake elsewhere
　　From me far off, with others all too near.

061

그대의 영상이 나의 눈꺼풀을 열게 하면서

피곤한 밤을 지나는 것은 당신의 의지입니까?

당신을 닮은 환상이 꿈속에서 내 눈을 어지럽히며

단잠을 깨도록 만드는 것도 당신의 의지입니까?

나의 행동을 살피도록 집에서부터 멀리 떨어진

이곳까지 영상을 보낸 것은 당신의 영혼입니까?

한가한 시간에 저지른 나의 치부(恥部)를 찾고

들추는 것이 의심 많은 당신의 목적입니까?

아니죠. 당신의 사랑은 풍성하지만 깊지는 않습니다.

내 눈을 뜨도록 만드는 것은 나의 사랑입니다.

단잠을 깨고 당신을 위한 나의 야경(夜警)은

변함없는 나의 진실한 사랑 때문입니다.

　　멀리 떨어진 곳에서 당신이 다른 사람과 있기 때문에

　　당신이 깨어 있을 때, 나는 당신 때문에 깨어 있습니다.

Edgar Degas, *The Star or Dancer on the Stage*, 1876–78, Musée d'Orsay, Paris

Sin of self-love possesseth all mine eye
And all my soul, and all my every part;
And for this sin there is no remedy,
It is so grounded inward in my heart.
Methinks no face so gracious is as mine,
No shape so true, no truth of such account,
And for myself mine own worth do define
As I all other in all worths surmount.
But when my glass shows me myself indeed
Beated and chopped with tanned antiquity,
Mine own self-love quite contrary I read;
Self so self-loving were iniquity.
    'Tis thee, myself, that for myself I praise,
    Painting my age with beauty of thy days.

062

자기 사랑이란 죄목이 나의 눈, 나의 영혼

나의 몸 구석구석에 자리 잡고 떠나지 않는다.

이 죄에 대해서는 아무런 치료법도 없다.

내 마음 깊숙이 그 죄는 뿌리내리고 있다.

내가 보기에 그 죄는 너무나 우아한 얼굴이다.

너무나 단정한 모습이요, 그지없이 진정한 몸매이다.

모든 가치 있는 사람들 중에서도

나의 가치를 뛰어넘는 자는 하나도 없다.

그러나 나를 비추는 진실한 거울에 떠오른 것은

뭉크러지고, 갈라진 황갈색 피부, 노년의 쇠잔이다.

나의 자기 사랑은 사실상 전혀 다른 것이었다.

이런 자기 사랑은 지극히 죄스러운 일이 된다.

　　내가 칭찬하는 나는 사실상 당신이다.

　　아름다운 당신의 청춘으로 내 노령을 장식하고 있다.

Hans Heyerdahl, *A the Window*, 1881, National Gallery of Norway, Oslo

Against my love shall be, as I am now,
With Time's injurious hand crushed and o'erworn;
When hours have drained his blood and filled his brow
With lines and wrinkles; when his youthful morn
Hath revealed on to age's steepy night,
And all those beauties whereof now he's king
Are vanishing, or vanished out of sight,
Stealing away the treasure of his spring;
For such a time do I now fortify
Against confounding age's cruel knife,
That he shall never cut from memory
My sweet love's beauty, though my lover's life.
His beauty shall in these black lines be seen
And they shall live, and he in them still green.

063

지금의 나처럼, 나의 애인이

시간의 혹독한 손에 뭉개지고 갈기갈기 찢길 때;

시간이 흘러 피가 마르고, 그의 이마에 주름살을

깊게 파놓을 때, 젊음의 아침이 노년의 밤으로

가파르고 험준한 여로를 끝낼 때,

왕이 되어 다스리던 모든 미인들은

지금 눈앞에서 사라졌거나, 사라져가고 있을 때,

청춘의 보물은 유실되고 사라지고 있는데,

시간의 잔인한 칼이 노령의 파멸을 재촉하지 않도록,

나의 연인의 목숨이 무참하게 잘리지 않도록,

아름다운 연인에 대한 나의 기억이 소멸되지 않도록,

나는 철저히 대비하고 있어야 한다.

　그의 아름다움은 검은 잉크 문자 속에서 볼 수 있다.

　그 시 속에서 영원한 청춘으로 남아 살아 있을 것이다.

Paul Cézanne, *Chestnut Trees at Jas de Bouffan*, 1880/1891, Minneapolis Institute of Art, Minneapolis

When I have seen by Time's fell hand defaced
The rich proud cost of outworn buried age;
When sometime lofty towers I see down-razed
And brass eternal slave to mortal rage;
When I have seen the hungry ocean gain
Advantage on the kingdom of the shore,
And the firm soil win of the wat'ry main,
Increasing store with loss and loss with store;
When I have seen such interchange of state,
Or state itself confounded to decay,
Ruin hath taught me thus to ruminate,
That Time will come and take my love away.
    This thought is as a death, which cannot choose
    But weep to have that which it fears to lose.

064

옛날 호화찬란한 시대의 유적을

잔혹한 시간의 손이 파괴하고;

한때 높이 솟았던 탑을 무너뜨리며,

불굴의 청동이 인간의 분노로 마멸되고,

굶주린 대양(大洋)이 대륙의 왕국을 침식하거나,

굳은 대지가 바다를 집어삼키며,

한쪽을 잃고, 다른 쪽이 늘거나,

한쪽이 늘면 다른 쪽을 잃게 되는 그런 역전(逆轉)을 보고;

세상만사 모든 것이 유전(流傳)하고, 변하며,

영화의 극치가 나락으로 치닫는,

이 모든 변화는 나에게 한 가지 생각을 부여했다.

때가 되면 내 곁에서 애인은 사라질 것이다.

　　이런 생각은 죽음과 같았다. 친근한 것의 상실은

　　잃어버리는 두려움으로 눈물을 흘리는 수밖에 방법이 없다.

Henri Rousseau, *The Luxembourg Gardens. Monument to Chopin*, 1909, Hermitage Museum, Saint Petersburg

Since brass, nor stone, nor earth, nor boundless sea
But sad mortality o'ersways their power,
How with this rage shall beauty hold a plea,
Whose action is no stronger than a flower?
O, how shall summer's honey breath hold out
Against the wrackful siege of batt'ring days,
When rocks impregnable are not so stout
Nor gates of steel so strong, but Time decays?
O, fearful meditation! Where, alack,
Shall Time's best jewel from Time's chest lie hid?
Or what strong hand can hold his swift foot back,
Or who his spoil of beauty can forbid?
   O, none, unless this miracle have might,
   That in black ink my love may still shine bright.

065

놋쇠, 돌, 대지, 끝없는 바다, 이 모든 것도

결국은 파멸을 부르는 죽음이 지배합니다.

꽃 한 포기 힘밖에 없는 아름다움이,

어떻게 성난 죽음을 상대로 소송을 일으킬 수 있습니까?

꿈쩍도 않는 바위산과 강철로 된 성문이

시간을 이기는 힘은 없다지만,

여름날 달콤한 입김만으로 어떻게

시간의 파괴를 이겨낼 수 있습니까?

아아, 생각만 해도 무서운 일입니다! 어떻게 하면,

시간의 보석을 시간 상자에 숨겨두지 않을 수 있습니까?

어떤 힘찬 손길이 시간의 빠른 걸음을 멈추게 할 수 있습니까?

어느 누가 아름다움을 파멸하는 시간의 횡포를 막을 수 있습니까?

　　단 한 가지뿐입니다. 나의 애인은 검은 잉크 문자 속에서,

　　영원히 빛나는 사랑의 기적을 힘으로 발휘할 수 있습니다.

Edvard Munch, *The Scream*, 1910, Munch Museum, Oslo

Tired with all these, for restful death I cry:
As, to behold desert a beggar born,
And needy nothing trimmed in jollity,
And purest faith unhappily forsworn,
And gilded honor shamefully misplaced.
And maiden virtue rudely strumpeted,
And right perfection wrongfully disgraced,
And strength by limping sway disabled,
And art made tongue-tied by authority,
And folly, doctor-like, controlling skill,
And simple truth miscalled simplicity,
And captive good attending captain ill.
    Tired with all these, from these would I be gone,
    Save that, to die, I leave my love alone.

066

모든 일에 질려서 나는 편히 죽고 싶다.

예컨대 고귀한 사람이 거지로 태어나고,

무의미한 것이 허황되게 꾸며지며,

순결한 마음이 무참히 유린되고,

금빛 영예가 엉뚱한 사람에 수여되며,

순수한 미덕이 난폭하게 짓밟히고,

정당한 완결이 부당하게 손상되며,

무능한 권력이 올바른 힘을 빼앗고,

학식은 세상 권력에 숨통이 막히면서,

지식은 거짓 학자들 손에 넘어가고,

간단한 진실도 무식하다 공박당하며,

유폐된 선은 악의 횡포로 노예 신세인데,

    이 모든 일에 질려서 나는 편히 죽고 싶다.

    다만, 내가 죽어 나의 애인 홀로 남아 괴롭다.

Rembrandt Van Rijn, *Self Portrait at the Age of 34*, 1640, National Gallery, London

Ah, wherefore with infection should he live,
And with his presence grace impiety,
That sin by him advantage should achieve
And lace itself with his society?
Why should false painting imitate his cheek
And steal dead seeing of his living hue?
Why should poor beauty indirectly seek
Roses of shadow since his rose is true?
Why should he live, now Nature bankrout is,
Beggared of blood to blush through lively veins,
For she hath no exchequer now but his,
And, proud of many, lives upon his gains?
    O, him she stores to show what wealth she had
    In days long since, before these last so bad.

067

아아, 어째서 그는 세상 치욕을 감내하고 살면서,

자신의 은덕으로 그 편에 영광을 베풀고 있는가.

그 때문에 그 편의 죄악도 그의 은총으로,

그와의 교제로, 그 편은 화려하게 장식되었네.

어째서 거짓 화장이 그의 빰을 모조(模造)하고,

생동감 넘치는 그의 얼굴에서 죽음의 형상을 훔치는가?

어째서 열등한 아름다움이 그의 장미를 진품이라 여기면서,

조잡하게 만든 엉터리 장미를 힘겹게 구하고 있는가?

자연의 신이 파산해서 붉은 피가 혈관에서 흘러

빈혈인데, 어째서 그는 아직도 살아남아야 하는가.

자연은 풍성한 미(美)의 재화(財貨)를 자랑하고 있지만,

그것은 오로지 그의 재산에 의존하고 있을 뿐이다.

　자연이 그를 살려두는 것은 먼 옛날 갖고 있던

　자신의 재물을 오늘의 악독한 시대에 보여주기 위해서다.

Pieter Jansz. Saenredam, *Interior of the St. Martin's Dom (Cathedral) in Utrecht*, 1636, Utrecht

Thus is his cheek the map of days outworn,
When beauty lived and died as flowers do now,
Before these bastard signs of fair were borne,
Or durst inhabit on a living brow;
Before the golden tresses of the dead,
The right of sepulchers, were shorn away
To live a second life on second head,
Ere beauty's dead fleece made another gay,
In him those holy antique hours are seen,
Without all ornament, itself and true,
Making no summer of another's green,
Robbing no old to dress his beauty new.
    And him as for a map doth Nature store,
      To show false art what beauty was of yore.

068

그의 뺨은 사라진 시대의 축도(縮圖)이다.

그 당시 미(美)는 꽃처럼 살다가 꽃처럼 죽는 일이었다.

그전에는 이런 미의 모조품이 생겨나지 않았고,

살아 있는 사람들 뺨에 찰싹 붙어 있지도 않았다.

죽은 사람의 금빛 머리카락은 그대로

분묘 속에 안장되고, 지금처럼 잘려나가

두 번째 머리서 두 번째 삶을 살아가는 일이 없었다.

사자(死者)의 아름다운 머리칼은 타인의 가발이 되지 않았다.

그 사람을 보면 오염되지 않았던 거룩한 옛 시대가 보인다.

아무런 허식도 없이, 그 자체로도 진실했던,

타인의 젊음으로 위장된 여름을 만들지 않았던, 그 시대는

옛것을 훔쳐 새로운 아름다움을 가장하는 그런 시대가 아니었다.

　　자연의 여신이 그를 살려두는 것은 한 가지 축도로서,

　　고대의 미는 무엇인가를 거짓 예술에 보여주기 위해서다.

Giuseppe Maria Crespi, *The Scullery Maid*, c.1710–15, Uffizi Gallery, Florence

Those parts of thee that the world's eye doth view
Want nothing that the thought of hearts can mend.
All tongues, the voice of souls, give thee that due,
Utt'ring bare truth, even so as foes commend,
Thy outward thus with outward praise is crowned,
But those same tongues that give thee so thine own
In other accent do this praise confound
By seeing farther than the eye hath shown.
They look into the beauty of thy mind,
And that, in guess, they measure by thy deeds;
Then churls, their thoughts, although their eyes were kind,
To thy fair flower add the rank smell of weeds.
    But why thy odor matcheth not thy show,
    The soil is this, that thou dost common grow.

069

세상에서 바라보는 당신의 모습은

더 이상 나아질 것이 없을 정도로 완벽합니다.

모든 혀끝, 영혼의 소리가 그렇게 칭찬하고 있으니,

적수(敵手)들도 어렵사리 그렇게 말하고 있겠지요.

겉으로 하는 칭찬은 겉모습만 요란하게 분칠합니다.

당신에게 던지는 똑같은 그 혀를

눈으로 볼 때보다 더 깊게 바라보면

말머리 돌려 칭찬을 번복합니다.

그들은 당신의 마음, 그 아름다움을 보려고 합니다.

그런데, 짐작컨대, 당신의 행위로만 평가하네요.

눈은 유순한데, 생각이 엉큼해서

당신의 아름다운 꽃향기에 잡초의 더러운 악취가 추가됩니다.

　어째서 당신의 향기는 그 모습에 어울리지 않습니까.

　그것은, 별 볼 일 없는 땅에서 자라기 때문입니다.

Willem Wissing and Jan van der Vaardt, *Queen Anne*, 1658, Scottish National Portrait Gallery, Edinburgh

That thou art blamed shall not be thy defect,
For slander's mark was ever yet the fair.
The ornament of beauty is suspect,
A crow that flies in heaven's sweetest air.
So thou be good, slander doth but approve
Thy worth the greater being wooed of time,
For canker vice the sweetest buds doth love,
And thou present'st a pure unstainèd prime.
Thou hast passed by the ambush of young days,
Either not assailed, or victor being charged;
Yet this thy praise cannot be so thy praise
To tie up envy, evermore enlarged.
    If some suspect of ill masked not thy show,
    Then thou alone kingdoms of hearts shouldst owe.

070

당신에 대한 비난은 당신의 결함 때문이 아닙니다.

아름다운 사람은 언제나 중상의 표적이 됩니다.

미인을 아름답게 장식하는 것은 의혹입니다.

아름다운 하늘을 날아가는 까마귀처럼 말입니다.

당신이 흠이 없으면, 중상은 시대의 총아인

당신의 가치를 더욱 높일 뿐입니다.

악덕이라는 해충은 달콤한 향기를 뿜는 꽃을 좋아합니다.

당신은 맑고 청순한 청춘의 모습을 보여줍니다.

당신은 젊은 날 복병의 시련을 겪었습니다.

공격을 받기도 했지만, 받아도 승리를 거두었지요.

칭찬을 받았지만, 칭찬으로 시기심을 묶어두는

힘이 되지 못하고, 악독한 힘은 더욱 확산되었지요.

　　악의 힘이 당신의 아름다움을 지우지 못하면,

　　당신은 홀로라도 마음의 왕국을 지배할 수 있습니다.

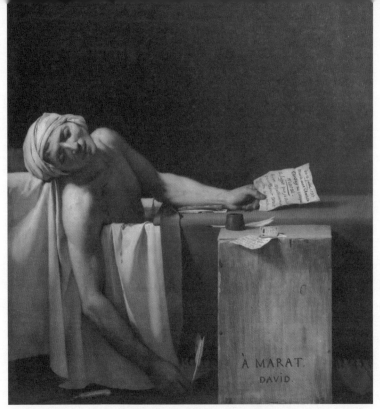

Jacques-Louis David, *Death of Marat*, 1793, Musées Royaux des Beaux Arts, Brussels

No longer mourn for me when I am dead
Than you shall hear the surly sullen bell
Give warning to the world that I am fled
From this vile world with vilest worms to dwell.
Nay, if you read this line, remember not
The hand that writ it, for love you so
That I in your sweet thoughts would be forgot,
If thinking on me then should make you woe.
O, if, I say, you look upon this verse
When I, perhaps, compounded am with clay,
Do not so much as my poor name rehearse
But let your love even with my life decay,
    Lest the wise world should look into your moan
    And mock you with me after I am gone.

071

내가 죽어도 너무 슬퍼하지 마세요.

이 더러운 세상 떠나 벌레 사는 저세상으로

갔다고 세상에 경고하는 음산하고 엄숙한

조종(弔鐘)의 소리가 울려 퍼지는

그때까지 슬픔을 거두세요. 그래요,

당신이 이 시를 읽으면, 이 시를 쓴 시인을 잊으세요.

나는 당신을 너무 사랑했기 때문에,

나를 사모하며 당신이 슬퍼하는 일을 견딜 수 없어요.

그러니 잊어주세요. 당신이 이 시를 읽을 때,

나는 아마도 흙 속에 있을 텐데,

내 이름을 부르지 마세요.

당신의 사랑은 내 일생과 함께 끝내야 합니다.

　　영악한 세상이 당신의 비탄을 알게 되어,

　　나의 죽음으로 당신이 비웃음 받으면 안 됩니다.

John Everett Millais, *Ophelia*, 1851–52, Tate Collection, London

O, lest the world should task you to recite
What merit lived in me that you should love,
After my death, dear love, forget me quite,
For you in me can nothing worthy prove;
Unless you would devise some virtuous lie,
To do more for me than mine own desert,
And hang more praise upon deceased I
Than niggard truth would willingly impart.
O, lest your true love may seem false in this,
That you for love speak well of me untrue,
My name be buried where my body is
And live no more to shame nor me nor you.
    For I am shamed by that which I bring forth,
    And so should you, to love things nothing worth.

072

나에게 어떤 장점이 있어서 당신이 나를 사랑하는지,

사람들이 이유를 말하라고 강요하는 일이 없도록

내가 죽으면, 사랑하는 당신이여, 나를 잊어주세요.

나는 아무런 가치도 없는 인간입니다.

당신이 혹시나 선의의 거짓말을 만들어내어,

인색한 진실이 기뻐하는 것 이상으로

죽은 나를 훌륭한 사람으로 평가하게 되면,

사랑 때문에 나를 거짓말로 칭찬하는 것이 되어,

당신의 진실한 사랑도 거짓이 됩니다.

나와 당신에게 불명예가 되지 않도록,

나의 이름을 시신과 함께 묻어주세요.

사후에 나와 당신에게 치욕이 되지 않도록 하세요.

　내가 쓴 글 때문에 나는 부끄러워합니다.

　별 볼 일 없는 사람을 사랑하면, 당신도 그렇게 됩니다.

Claude Monet, *The Thames below Westminster*, 1871, National Gallery, London

That time of year thou mayst in me behold
When yellow leaves, or none, or few, do hang
Upon those boughs which shake against the cold,
Bare ruined choirs where late the sweet birds sang.
In me thou see'st the twilight of such day
As after sunset fadeth in the west,
Which by and by black night doth take away,
Death's second self, that seals up all in rest.
In me thou see'st the glowing of such fire
That on the ashes of his youth doth lie,
As the death-bed whereon it must expire,
Consumed with that which it was nourished by.
   This thou perceiv'st, which makes thy love more strong,
   To love that well which thou must leave ere long.

073

당신이 나를 본 것은 일 년 중 그런 계절입니다.

바람에 떨리는 가지에 매달린 누런 나뭇잎이

약간 남아 있었던가, 아니면, 남지 않았던 때,

얼마 전까지 참새들 성가대 자리 잡던 곳, 지금은 폐허가 된 자리,

계절은 만추(晚秋)였습니다. 당신이 나를 본 것은 하루 가운데,

날은 저물고, 서쪽 하늘에 희미하게 남은 햇빛도

죽음의 분신인 밤의 장막에 갇혀,

모든 것을 잠 속에 가두는 황혼이었습니다.

당신이 나의 모습에서 본 것은 불꽃같은 생명의 반짝임.

마지막 숨을 넘기는 죽음의 잠자리에서 볼 수 있는 것,

나의 청춘의 잿더미 속에서 나를 살려낸 연료(燃料)와 함께

사라져 가는 최후의 빛, 그것이었습니다.

　　그것을 보고 당신의 사랑은 더욱더 강해지고,

　　당신은 작별을 깊이 사랑하게 되었습니다.

Gustav Klimt, *The Kiss*, 1907–08, Österreichische Galerie Belvedere, Vienna

But be contented when that fell arrest
Without all bail shall carry me away,
My life hath in this line some interest,
Which for memorial still with thee shall stay,
When thou reviewest this, thou dost review
The very part was consecrate to thee.
The earth can have but earth, which is his due;
My spirit is thine, the better part of me.
So then thu hast but lost the dregs of life,
The prey of worms, my body being dead,
The coward conquest of a wretch's knife,
Too base of thee to be remembered.
  The worth of that is that which it contains,
  And that is this, and this with thee remains.

074

죽음이 나를 체포해서, 보석(保釋)을 허락지 않더라도

제발 편안한 마음 가지시기 바랍니다.

나의 목숨이 투자되어 어느 정도 이자를 얻게 되는

이 시(詩)는 기념품으로 당신에게 주어집니다.

이 시를 읽어주시면 그때마다 당신은

이 시가 당신에게 헌정된 것을 알게 됩니다.

토지가 받는 것은 그가 차지하는 흙입니다.

나의 최상의 부분, 나의 정신은 당신 것입니다.

당신이 잃는 것은 생명의 쓰레기입니다.

내가 죽으면 나는 벌레의 밥입니다.

비열한 죽음의 칼날에 굴(屈)하는 겁쟁입니다.

당신 기억에 남길 수 없는 너무나 미미한 존재입니다.

　육체의 가치는 그 속에 품고 있는 정신입니다.

　나의 정신은 시가 되어 당신과 함께 있습니다.

Egon Schiele, *The embrace*, 1917, Österreichische Galerie Belvedere, Vienna

So are you to my thought as food to life,
Or as sweet-seasoned sowers are to the ground;
And for the peace of you I hold such strife
As 'twixt a miser and his wealth is found:
Now proud as an enjoyer, and anon
Doubting the filching age will steal his treasure;
Now counting best to be with you alone,
Then bettered that the world may see my pleasure.
Sometime all full with feasting on your sight,
And by and by clean starved for a look;
Possessing or pursuing no delight
Save what is had or must from you be took.
    Thus do I pine and surfeit day by day,
    Or gluttoning on all, or all away.

075

음식이 목숨을 지탱하듯이 당신은 나를 키우는 사상입니다.

당신은 깡마른 대지에 쏟아지는 은혜로운 빗줄기입니다.

당신이 베푸는 평화를 위해 내가 싸우는 것은

수전노가 재산 놓고 싸우는 전쟁 같습니다.

지금은 부자입네 자랑하지만, 어느새,

재산 빼앗길까 두려워하는 노령이 되었습니다.

당신과 단둘이 있겠다고 소원하면서, 때로는

나의 기쁨인 당신을 세상에 내놓고 싶어집니다.

당신을 보고 또 보며 만끽하다가,

어느새 질려서 곁눈질로 달랩니다.

내가 얻은 것은 모두 당신으로부터 온 것인데,

소유도 추구도 지금은 아무런 기쁨이 아닙니다.

　　그래서 나는 매일 굶주렸다가 만복(滿腹)이요,

　　탐식(貪食)하다가도 결식(缺食)으로 바뀝니다.

Ilya Repin, *Portrait of a Neapolitan woman*, 1894

Why is my verse so barren of new pride,
So far from variation or quick change?
Why with the time do I not glance aside
To new-found methods and to compounds strange?
Why write I still all one, ever the same,
And keep invention in a noted weed,
That every word doth almost tell my name,
Showing their birth and where they did proceed?
O, know, sweet love, I always write of you,
And you and love are still my argument;
So all my best is dressing old words new,
Spending again what is already spent.
    For as the sun is daily new and old,
        So is my love, still telling what is told.

076

왜 나의 시(詩)는 새롭고 화려한 수식(修飾)도 없이,

다양성과 변화에 눈이 멀고 있는가?

왜 나는 유행을 좇아 시대의 첨단적인

기법이나 복합어에 신경을 쓰지 않고 있는가?

왜 나는 항상 같은 주제로 시를 쓰며,

언제나 한 가지 발상만을 고집하고 있는 걸까?

지금처럼 쓰면 나의 언어는 나의 탄생과 성장을 밝히고

내 이름을 알리고 있는 것이 아닌가?

아아, 사랑하는 님이여, 나의 시는 항상 당신에 관한 것,

당신과 나의 사랑은 변함없는 내 시의 주제입니다.

나는 최선을 다해 옛 언어에 새 옷을 입힙니다.

그래서 이미 사용한 언어를 다시 쓸 수 있습니다.

　태양이 옛 것이지만 나날이 새로운 빛을 내듯이,

　나의 사랑도 과거에 한 말을 다시 사용하고 있습니다.

Édouard Manet, *Flowers in a Crystal Vase*, 1882, Musée d'Orsay, Paris

Thy glass will show thee how thy beauties wear,
Thy dial how thy precious minutes waste;
The vacant leaves thy mind's imprint will bear,
And of this book this learning mayst thou taste;
The wrinkles which thy glass will truly show,
Of mouthed gaves will give thee memory;
Thou by thy dial's shady stealth mayst know
Time's thievish progress to eternity.
Look what thy memory cannot contain
Commit to these waste blanks, and thou shalt find
Those children nursed, delivered from they brain,
To take a new acquaintance of thy mind.
    These offices, so oft as thou wilt look,
    Shall profit thee and much enrich thy book.

077

이 거울은 당신의 미모가 쇠잔(衰殘)하는 것을 보여줍니다.

해시계 눈금판은 귀중한 시간의 낭비를 보여줍니다.

이 백지에 당신의 마음을 기록해두면,

그 수첩에서 당신은 교훈을 얻습니다.

거울에 비치고 있는 당신의 모습대로 얼굴의 주름살은,

입을 크게 벌린 묘지를 연상시킵니다.

해시계 눈에 보이지 않는 미세한 그림자의 움직임은

영원으로 향하는 시간의 은밀한 걸음을 알려줍니다.

당신의 기억이 확보하지 못하는 것이면 무엇이나

이 공백의 지면에 적어두면 좋을 것입니다.

그러면 당신의 머리에서 탄생하고 길러진 사상의 어린이는

여기서 당신의 마음과 다시 만날 것입니다.

　해시계와 그 교훈을 당신이 접할 때마다

　당신은 이득을 얻고, 수첩은 더욱 풍성해집니다.

Édouard Manet, *Portrait of Émile Zola*, 1868, Musée d'Orsay, Paris

So oft have I invoked thee for my muse
And found such fair assistance in my verse
As every alien pen hath got my use
And under thee their poesy disperse.
Thine eyes, that taught the dumb on high to sing
And heavy ignorance aloft to fly.
Have added feathers to the learned's wing
And given grace a double majesty.
Yet be most proud of that which I compile,
Whose influence is thine and born of thee.
In others' works thou dost but mend the style,
And arts with thy sweet graces graced be.
But thou art all my art and dost advance
As high as learning my rude ignorance.

078

때때로 나는 당신을 뮤즈로 섬기면서

시를 쓰는 일에 큰 도움을 받아왔습니다.

이 때문에 다른 시인들도 나를 모방해서

당신을 시의 여신으로 숭상하며 시를 쓰고 있습니다.

벙어리 같던 나에게 우렁차게 노래하도록 인도하시고,

무지한 나에게 하늘로 날아가는 법을 가르친

당신의 눈은 학식 높은 시인의 나래에 깃을 주시고,

우아한 아름다움에 더하여 장엄을 주었습니다.

그러니, 나의 작품을 최고의 영예로 만들어주세요.

당신으로부터 생명을 얻어 탄생되었기 때문입니다.

다른 시인에 대해서 당신은 문체를 고쳐줄 뿐이었지요.

학식은 당신의 우아한 미(美)를 장식으로만 이용했습니다.

　　하지만 당신의 학예(學藝)는 나의 학예의 전부이며,

　　나의 저급한 무식을 고급스런 학식의 높이로 끌어주었습니다.

Max Kurzweil, *Woman in a yellow dress*, 1899, Historisches Museum der Stadt, Vienna

Whilst I alone did call upon thy aid,
My verse alone had all thy gentle grace;
But now my gracious numbers are decayed,
And my sick muse doth give another place,
I grant, sweet love, thy lovely argument
Deserves the travail of a worthier pen;
Yet what of thee thy poet doth invent
He robs thee of and pays it thee again.
He lends thee virtue, and he stole that word
From thy behavior; beauty doth he give
And found it in thy cheek. He can afford
No praise to thee but what in thee doth say,
    Then thank him not for that which he doth say
    Since what he owes thee thou thyself dost pay.

079

나 홀로 당신의 도움을 청하며 기도하고 있을 동안,

나의 시는 당신의 아름다운 은혜를 입고 있었습니다.

하지만 지금, 나의 아름다운 시는 그 은혜를 잃고 썩었습니다.

나의 병든 뮤즈는 다른 시인에게로 그 자리를 옮겼습니다.

사랑하는 님이여, 당신의 아름다움을 노래하기 위해서는

나보다 훨씬 우수한 다른 시인의 펜이 필요합니다.

그러나 그 시인이 당신에 관해서 시를 썼다 하더라도,

그것은 당신으로부터 빼앗은 것을 다시 돌려주는 일입니다.

그가 당신에게 미덕을 빌려줘도, 그것은 당신의 행동에서 훔친 것이죠.

그가 당신에게 아름다움을 헌정해도,

그것은 당신의 뺨에서 이미 본 것입니다.

그가 당신을 찬양해도, 그것은 당신 속에 이미 살아 있는 것입니다.

　　그러니 그가 무어라 말해도 감사할 필요는 없습니다.

　　그가 지불하는 것은 당신이 자신에게 지불한 것이기 때문입니다.

August Strindberg, *The City*, 1903, Nationalmuseum, Stockholm

O, how I faint when I of you do write,
Knowing a better spirit doth use your name,
And in the praise thereof spends all his might,
To make me tongue-tied speaking of your fame.
But since your worth, wide as the ocean is,
The humble as the proudest sail doth bear,
My saucy bark, inferior far to his,
On your broad main doth willfully appear.
Your shallowest help will hold me up afloat
Whilst he upon your soundless deep doth ride,
Or, being wracked, I am a worthless boat,
He of tall building and of goodly pride.
    Then, if he thrive and I be cast away,
    The worst was this: my love was my decay.

080

당신에 관해서 시를 쓰려면 나는 심장이 멎는 듯합니다.

나보다 우수한 시인이 당신의 이름을 걸고 온 힘을 다해

당신을 찬양하고 있는 것을 알고 있기 때문입니다.

당신의 명성을 말하려고 하면, 나의 혀는 굳어집니다.

당신의 자비로운 마음은 바다처럼 그지없이 광대합니다.

그 바다에는 화려한 범선도 초라한 배도 함께 떠 있습니다.

나의 주제넘은 작은 배는 범선보다 못하지만,

당신의 광활한 바다에 끈질기게 나타납니다.

당신의 얕은 물길이 도움을 줘서 떠 있기는 하지만,

범선은 한없이 깊은 바다를 시원스레 달리고 있습니다.

나의 배는 난파해도, 보잘것없는 쪽배지만,

그의 범선은 호화찬란하게 장식된 단단한 큰 배입니다.

　그의 번영과, 나의 쇠퇴는 당연한 일입니다.

　최악의 일은 나의 사랑이 나의 파멸이라는 것입니다.

Marià Fortuny y Carbó, *La Vicaria*, 1870, Museum of Modern Art, Barcelona

Or I shall live your epitaph to make
Or you survive when I in earth am rotten.
From hence your memory death cannot take,
Although in me each part will be forgotten.
Your name from hence immortal life shall have,
Though I, once gone, to all the world must die,
The earth can yield me but a common grave,
When you entombed in men's eyes shall lie.
Your monument shall be my gentle verse,
Which eyes not yet created shall o'erread;
And tongues to be your being shall rehearse
When all the breathers of this world are dead.
    You still shall live — such virtue hath my pen —
    Where breath most breathless, even in the mouths of men.

081

내가 살아남아서 당신의 묘비명을 쓰게 되더라도,

내가 땅속에 묻혀 있는 동안 당신이 살아남아 있어도,

비록 내 안의 모든 부분이 잊힌다 하더라도,

죽음은 당신에 관한 추억을 지울 수 없습니다.

나는 죽어서 이 세상에서 지워지고 사라지지만,

당신의 목숨은 멸하지 않고 영원히 살아남습니다.

나는 이 땅에서 눈에 띄지 않는 묘지를 얻지만,

당신은 수많은 사람들이 보는 가운데 매장되고,

나의 아름다운 시는 당신의 기념비가 됩니다.

지금 세상에 살고 있는 모든 사람들이 죽은 후에도;

아직 태어나지 않는 숱한 사람들 눈이 읽게 되며,

아직 태어나지 않는 숱한 사람들 혀가 말을 합니다.

   당신은 나의 시의 힘으로 영원히 살아남습니다.

   목숨의 숨결이 끈질긴 사람들 혀끝에서.

Giovanni Boldini, *Portrait of Mademoiselle Geneviève Lantelm*, 1907, Galleria Nazionale d'Arte Moderna, Rome

I grant thou wert not married to my muse,
And therefore mayst without attaint o'erlook
The dedicated words which writers use
Of their fair subject, blessing very book.
Thou art as fair in knowledge as in hue,
Finding thy worth a limit past my praise,
And therefore art enforced to seek anew
Some fresher stamp of the time-bettering days.
And do so, love; yet when they have devised
What strained touches rhetoric can lend,
Thou, truly fair, wert truly sympathized
In true plain words by thy true-telling friend.
    And their gross painting might be better used
    Where cheeks need blood; in thee it is abused.

082

당신은 나의 시(詩)와 결혼하지 않았으니,

다른 시인이 아름다운 당신을 주제로 시를 써서

당신에게 바치면 당신은 읽고 그 시집에 축복을 주게 되는데,

그러더라도 그 일은 불륜이 아닙니다.

당신은 용모도 뛰어나고, 지식도 풍부해서,

당신의 가치는 나의 찬사를 뛰어넘는 것이고,

나날이 발전하는 시대에

당신이 새로운 문체의 시를 찾는 일은 지당합니다.

연인이여, 그렇게 하세요. 하지만,

그들이 능숙한 수사법을 써도,

진실로 아름다운 당신이여, 당신은 진정한 시인의 친구들이 사용한

단순하고 소박한 언어에서 진실을 발견하게 될 것입니다.

　　그들의 지나친 화장은 푸석하고 핏기 없는 얼굴에 유용할 뿐,

　　당신의 화사한 얼굴에는 아닙니다.

Vincent van Gogh, *Almond blossom*, 1890, Van Gogh Museum, Amsterdam

I never saw that you did painting need
And therefore to your fair no painting set.
I found or thought I found, you did exceed
The barren tender of a poet's debt.
And therefore have I slept in your report,
That you yourself, being extant, well might show
How far a modern quill doth come too short,
Speaking of worth, what worth in you doth grow.
This silence for my sin you did impute,
Which shall be most my glory, being dumb,
For I impair not beauty, being mute,
When others would give life and bring a tomb.
 There lives more life on one of your fair eyes
 Than both your poets can in praise devise.

083

당신이 화장을 원하지 않았기 때문에,

나는 당신의 아름다움에 덧칠을 하지 않았습니다.

나는 알았습니다. 아니, 알았다고 생각했습니다.

시인이 은혜의 대가로 당신에게 찬사를 보내더라도

당신은 그것을 초월하고 있다는 것을 말입니다.

그래서, 나는 당신을 찬양하는 시를 쓰지 않았습니다.

당신은 요즘 세상 살면서 알고 있지요,

시인의 펜이, 사람들 자질을 말하는 재능이 얼마나 부족한지 말입니다.

나의 침묵을 당신은 죄악이라고 나무라지만,

입을 다물고 있는 것이 나의 최상의 영예입니다.

침묵은 아름다움을 더럽히지 않기 때문입니다.

다른 시인은 생명을 주는 듯하지만 실은 묘(墓)를 세웁니다.

　　두 사람의 시인이 풀어내는 칭찬을 초월하는

　　생명의 힘이 당신의 한눈에 넘쳐 있습니다.

George Hendrik Breitner, *Girl in a White Kimono*, 1894, Rijksmuseum Amsterdam, Amsterdam

Who is it that says most, which can say more
Than this rich praise, that you alone are you,
In whose confine immured is the store
Which should example where your equal grew?
Lean penury within that pen doth dwell
That to his subject lends not some small glory,
But he that writes of you if he can tell
That you are you so dignifies his story.
Let him but copy what in you is writ,
Not making worse what nature made so clear,
And such a counterpart shall fame his wit,
Making is style admired everywhere.
    You to your beauteous blessings add a curse,
    Being fond on praise which makes your praises worse.

084

당신을 최고로 찬양하는 사람이 누구이든, 무엇이든

당신은 당신일 뿐이라는 찬사 이상은 없습니다.

당신 같은 품종이 어디서 자라고 있는지 확인하려면

당신의 울타리서 자란 당신의 실례(實例)를 보면 됩니다.

궁핍한 펜으로는 시의 주제가 무엇이든

제대로 쓸 수 없기 때문에 영광스런 업적을 기약할 수 없습니다.

하지만 당신에 관해서 시를 쓰는 사람은, 당신의 진상을

잘만 쓰게 되면, 그의 주제에 존엄이 주어집니다.

시인은 당신 속에 기록된 것을 그대로 베끼면 됩니다.

자연이 밝혀 놓은 것을 애써 더럽히지 않으면 됩니다.

그렇게 모사(模寫)만 해도 시인의 재능은 알려지고,

그 문체는 세상 곳곳에서 높은 평가를 받습니다.

　　칭찬에 함몰되면, 아름다움에 저주가 내려

　　당신의 타고난 미(美)의 축복이 사정없이 더럽혀집니다.

Edouard Manet, *The Railway, Gare Saint-Lazare,* 1873, National Gallery, Washington

My tongue-tied muse in manners holds her still
While comments of your praise, richly compiled,
Reserve their character with golden quill
And precious phrase by all the muses filed.
I think good thoughts whilst other write good words,
And like unlettered clerk still cry amen
To every hymn that able spirit affords
In polished form of well-refined pen.
Hearing you praised, I say "T'is so, 'tis true,"
And to the most of praise add something more;
But that is in my thought, whose love to you,
Though words come hindmost, holds his rank before.
    Then others for the breath of words respect,
    Me for my dumb thoughts, speaking in effect.

085

그럼에도 당신을 찬양하는 시는

황금의 펜으로 다채롭게 작성되고 있습니다.

총동원된 시인들은 화려한 언어로 당신을 찬양하는 시를 발표합니다.

다른 시인이 시를 쓸 때, 나는 사색에 빠집니다.

재능 있는 시인들이 세련된 펜을 움직여서 연마한 글로

당신에 대한 찬가를 쏟아내고 있을 때,

나는 무지한 교회 서기처럼 '아멘'을 외칩니다.

당신에 대한 찬사를 들으면, 나는, 그래요, 그래요 하면서

최고의 찬사에 또 하나의 찬사를 추가합니다.

그러나, 그것은 마음속 생각일 뿐, 당신에 대한 나의 사랑은

언어로는 최후의 자리지만, 마음으로는 맨 앞자리를 차지합니다.

　다른 시인의 말을 유의하는 당신은 반드시 알아야 합니다.

　말을 안 하는 나의 경우는 마음속 생각으로 말을 전합니다.

James Abbott McNeill Whistler, *Nocturne in Blue and Gold: Old Battersea Bridge*, 1872–75, Tate Collection, London

Was it the proud full sail of his great verse,
Bound for the prize of all-too-precious you,
That did my ripe thoughts in my brain inhearse,
Making their tomb the womb wherein they grew?
Was it his spirit, by spirits taught to write
Above a mortal pitch, that struck me dead?
No, neither he, nor his compeers by night
Giving him aid, my verse astonished.
He, nor that affable familiar ghost
Which nightly gulls him with intelligence,
As victors of my silence cannot boast'
I was not sick of any fear from thence.
    But when your countenance filled up his line,
    Then lacked I matter, that enfeebled mine.

086

발상이 떠오르는 순간 즉시 두뇌에 매장하고,

그 생각을 품고 있던 모태를 묘소(墓所)로 만들면서,

당신이라는 귀중한 표적을 향해 바람 타고 달리는

화려한 범선 같은 것이 그의 시 작품입니까?

나를 죽인 것은, 과거의 출중한 재사(才士)로부터 가르침 받고,

인간으로서는 도저히 해낼 수 없는 글을 쓴 그의 재능입니까?

밤마다, 그를 돕는 동료들이 나타나서

그를 도왔지만, 나의 시를 위협하지 못했습니다.

그 시인도, 또한 밤마다 그에게

지식을 전달하러 오는 친근한 망령도

나를 침묵시킨 승리자가 되지 못했습니다.

나는 그런 존재 때문에 겁에 질려 기력을 잃은 것이 아닙니다.

　　당신의 보살핌으로 그의 시가 완성되었으니

　　나는 주제를 잃고, 나의 시는 쇠퇴했습니다.

James Tissot, *Young Lady in a Boat*, 1870, Private collection

Farewell, thou art too dear for my possessing,
And like enough thou know'st thy estimate.
The charter of thy worth gives thee releasing:
My bonds in thee are all determinate.
For how that riches where is my deserving?
And for that riches where is my deserving?
The cause of this fair gift in me is wanting,
And so my patent back again is swerving.
Thy self thou gav'st it, thy own worth then not knowing,
Or me to who thou gav'st it, else mistaking;
So thy great gift, upon misprision growing,
Come home again on better judgment making.
    Thus have I had thee as a dream doth flatter,
    In sleep a king, but waking no such matter.

087

작별입니다. 당신은 너무나 고귀해서 제가 가질 수 없습니다.

그 가치는 당신도 충분히 알고 있습니다.

당신의 지위와 특권은 당신을 자유롭게 합니다:

당신을 구속하는 나의 증서는 시한이 끝났습니다.

당신의 허락 없이 어떻게 당신을 차지합니까?

그런 부귀를 누릴 수 있는 능력이 나에게 있습니까?

그토록 환상적인 선물을 나는 받을 이유가 없습니다.

그래서 나의 권리를 당신에게 돌려드립니다.

당신은 자신을 내놓을 때, 자신의 가치를 알지 못했습니다.

당신은 자신을 내주면서 나를 과대평가하고 있었습니다.

위대한 선물인 당신은 착오로 내게 잘못 전달된 것입니다.

이제, 올바른 판단을 해서 당신을 돌려드립니다.

　당신을 소유한 것은 잠깐 동안의 달콤한 꿈이었습니다.

　잠 속에서, 나는 왕이었지만, 깨어나보니 아니었습니다.

Maurice Prendergast, *Ponte della Paglia, Venedig,* 1899, Philips Memorial Gallery, Washington

When thou shalt be disposed to set me light
And place my merit in the eye of scorn,
Upon thy side against myself I'll fight
And prove thee virtuous, though thou art forsworn.
With mine own weakness being best acquainted,
Upon thy part I can set down a story
Of faults concealed wherein I am attainted,
That thou, in losing mem shall win much glory;
And I by this will be a gainer too;
For bending all my loving thoughts on thee,
The injuries that to myself I do,
Doing thee vantage, double-vantage me.
    Such is my love, to thee I so belong,
      That, for thy right, myself will bear all wrong.

088

당신이 나를 평가 절하해서,

나를 경멸하는 눈으로 쳐다본다면,

당신 편에 서서 나는 자신과 싸우겠습니다.

당신이 배신해도 당신의 정당성을 나는 입증하겠습니다.

나는 나의 약점을 너무나 잘 알고 있습니다.

그래서 당신 편에서 은밀한 죄를 짓고 썩었습니다.

나는 그런 줄거리로 이야기를 꾸며내겠습니다.

이 모든 것이 나를 잃은 당신의 명예를 위해서입니다.

나도 이것으로 이득을 얻을 수 있습니다.

나의 모든 생각은 당신을 향하고 있기 때문에,

나 자신을 스스로 해치는 일은 당신에게 득이 됩니다.

그 때문에 나는 이중의 득을 얻고 있습니다.

　　내 사랑은 이토록 깊고, 나는 당신의 것이기 때문에,

　　당신의 선(善)을 위해서, 나는 악(惡)을 짊어집니다.

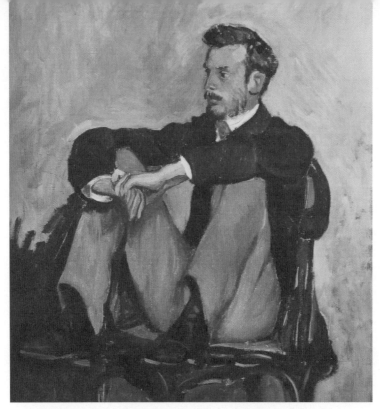

Frédéric Bazille, *Portrait of Pierre-Auguste Renoir*, 1867, Musée d'Orsay, Paris

Say that thou didst forsake me for some fault,
And will comment upon that offense;
Speak of my lameness and I straight will halt,
Against thy reasons making no defense.
Thou canst not love, disgrace me half so ill,
To set a form upon desired change,
As I'll myself disgrace, knowing thy will;
I will acquaintance strangle and look strange,
Be absent from thy walks, and in my tongue
Thy sweet beloved name no more shall dwell,
Lest I, too much profane, should do it wrong
And haply of our old acquaintance tell.
   For thee, against myself I'll debate,
   For I must ne'er love him whom thou dost hate.

089

당신이 나를 평가 절하해서,

나를 경멸하는 눈으로 쳐다본다면,

당신 편에 서서 나는 자신과 싸우겠습니다.

당신이 배신해도 당신의 정당성을 나는 입증하겠습니다.

나는 나의 약점을 너무나 잘 알고 있습니다.

그래서 당신 편에서 은밀한 죄를 짓고 썩었습니다.

나는 그런 줄거리로 이야기를 꾸며내겠습니다.

이 모든 것이 나를 잃은 당신의 명예를 위해서입니다.

나도 이것으로 이득을 얻을 수 있습니다.

나의 모든 생각은 당신을 향하고 있기 때문에,

나 자신을 스스로 해치는 일은 당신에게 득이 됩니다.

그 때문에 나는 이중의 득을 얻고 있습니다.

　　내 사랑은 이토록 깊고, 나는 당신의 것이기 때문에,

　　당신의 선(善)을 위해서, 나는 악(惡)을 짊어집니다.

Johannes Vermeer, *The Milkmaid*, 1658, Rijksmuseum Amsterdam, Amsterdam

Then hate me when thou wilt, if ever, now,
Now, while the world is bent my deeds to cross,
Join with the spite of fortune, make me bow,
And do not drop in for an afterloss.
Ah, do not when my heart hath 'scaped this sorrow,
Come in the rearward of a conquered woe;
Give not a windy night a rainy morrow,
To linger out a purposed overthrow.
If thou wilt leave me, do not leave me last,
When other petty griefs have done their spite,
But in the onset come; so shall I taste
At first the very worst of fortune's might;
   And other strains of woe, which now seems woe,
   Compared with loss of thee will not seem so.

090

내가 죄를 지었기 때문에 나를 버렸다고 언명하세요.

나는 그 죄에 관해서 자세하게 설명하겠습니다.

내 다리가 성치 않았다고 말하세요. 그 말에 아무 말도

하지 않고, 나는 다리를 절뚝거리며 걸어가겠습니다.

사랑하는 이여, 당신이 아무리 나에게 모욕을 준다 해도,

나는 당신을 압니다. 내가 하는 자해(自害)에 미치지 못합니다.

이 모든 것은, 당신이 원하는 이별의 모양새 때문입니다.

나는 우리들 사이 정(情)을 버리고 생판 남들처럼 되렵니다.

당신이 거니는 길을 피하고, 나는 두 번 다시

당신의 정다운 이름을 혀끝에 올리지 않겠습니다.

너무나 더럽혀진 내가 그 이름을 손상하거나,

과거의 정을 우연찮게 입질하는 것을 막기 위해서죠.

　　당신을 위해 나는 나와의 싸움을 맹세합니다.

　　나는 당신이 미워하는 남자를 사랑하지 않으렵니다.

Rembrandt Van Rijn, *The Night Watch*, 1642, Rijksmuseum, Amsterdam

Some glory in their birth, some in their skill,
Some in their wealth, some in their body's force,
Some in their garments, though newfangled ill,
Some in their hawks and hounds, some in their horse;
And every humor hath his adjunct pleasure,
Wherein it finds a joy above the rest.
But these particulars are not my measure;
All these I better in one general best.
The love is better than high birth to me,
Richer than wealth, prouder than garments' cost,
Of more delight than hawks or horses be;
And having these, of all men's pride I boast.
    Wretched in this alone, that thou mayst take
    All this away, and me most wretched make.

091

어떤 사람은 가문을 자랑하고, 어떤 사람은 학식을 자랑합니다.

어떤 사람은 재화를 자랑하고, 어떤 사람은 체력을 자랑합니다.

어떤 사람은 최신 유행이지만 잘못 만든 의상을 자랑합니다.

어떤 사람은 매와 엽견(獵犬)을, 어떤 사람은 말을 사랑합니다.

각자 사람들은 자신의 기질에 맞춰 즐겁게 인생을 살아갑니다.

그것이 다른 무엇보다도 엄청난 기쁨이 됩니다.

하지만 이 모든 것은 나의 기쁨이 아닙니다.

이 모든 것을 포용하는 단 한 가지 최상의 기쁨이 있습니다.

당신의 사랑이 명문의 가문보다 낫습니다.

재산보다도, 고가의 의상보다 낫습니다.

매보다, 말보다 더욱더 큰 기쁨입니다.

당신을 얻으면, 다른 사람들이 자랑하는 모든 것을 얻습니다.

　　단 한 가지 참담해지는 것은 이 모든 것을 당신이 나로부터

　　빼앗아가서 나를 처참하게 만들지 않을까 하는 두려움입니다.

Édouard Manet, *A Bar at the Folies Bergère*, c.1882, Courtauld Institute of Art, London

But do thy worst to steal thyself away,
For term of life thou art assured mine,
And life no longer than thy love will stay,
For it depends upon that love of thine.
Then need not to fear the worst of wrongs
When in the least of them my life hath end;
I see a better state to me belongs
Than that which on thy humor doth depend.
Thou canst not vex me with inconstant mind,
Since that my life on thy revolt doth lie.
O, what a happy title do I find,
Happy to have thy love, happy to die!
    But what's so blessed-fair that fears no blot?
    Thou mayst be false, and yet I know it not.

092

당신이 내 곁을 떠나는 최악의 술책을 부리더라도,

이 생명 있는 한, 당신은 영락없이 나의 것입니다.

인간의 목숨은 당신의 사랑보다 오래가지 않습니다.

죽고 사는 것은 당신의 사랑으로 결판나기 때문입니다.

사소한 보복에도 내 목숨이 끝나는데,

최악의 배신을 두려워할 필요가 있습니까.

당신의 기분에 따라서 좌지우지되는 일보다

더 나은 상황을 나는 원하고 있기 때문에,

당신의 변덕스런 마음은 나의 괴로움이 아닙니다.

당신의 변심이 내 인생의 종지부이기에,

아아, 나는 얼마나 행복한 인생을 살고 있습니까.

당신의 사랑을 얻는 일, 죽음의 행복을 얻는 일!

　축복받은 아름다움도 오점이 있는 두려움이 있습니다.

　나는 알지 못하지만, 당신은 배신할 수도 있습니다.

Johannes Vermeer, *The Girl With The Pearl Earring*, 1666, Mauritshuis, The Hague

So shall I live, supposing thou art true,
Like a deceived husband; so love's face
May still seem love to me, though altered new;
Thy looks with me, thy heart in other place.
For there can live no hatred in thine eye;
Therefore in that I cannot know thy change.
In many's looks, the false heart's history
Is writ in moods and frowns and wrinkles strange.
But heaven in thy creation did decree
That in thy face sweet love should ever dwell;
Whate'er thy thoughts or thy heart's workings be,
Thy looks should nothing thence but sweetness tell.
   How like Eve's apple doth thy beauty grow,
   If they sweet virtue answer not thy show.

093

당신의 진실을 믿으며, 나는 살아갈 것입니다.

마치 배신당한 남편처럼 말입니다. 당신의 사랑은 변해도,

얼굴은 여전히 나를 사랑한다는 표정입니다.

얼굴은 나를 향하고 있지만, 마음은 딴 곳을 보고 있습니다.

당신의 눈에는 증오심이 없기 때문에,

당신의 변심을 나는 알 수 없습니다.

많은 사람들은 배신하면 얼굴에 분노와 짜증난 표정,

이마의 야릇한 주름살을 드러낸다고 합니다.

그러나 하늘은 당신을 창조할 때,

이 얼굴에는 항상 달콤한 사랑이 깃들고 있다고 말했습니다.

당신의 생각이나 마음이 어찌 되든 간에,

그 얼굴에는 아름다움이 있어야 한다는 것입니다.

　　당신의 미덕이 용모에 나타나지 않으면,

　　당신의 미모는 이브의 사과처럼 영롱할 수 없습니다.

Kitty Lange Kielland, *Summer Night*, 1886, National Gallery of Norway, Oslo

They that have power to hurt and will do none,
That do not do the thing they most do show,
Who, moving others, are themselves as stone,
Unmoved, cold, and do temptation slow,
They rightly do inherit heaven's graces
And husband nature's riches from expense;
They are the lords and owners of their faces,
Others but stewards of their excellences.
The summer's flower is to the summer sweet,
Though to itself it only live and die;
But if that flower with base infection meet,
The basest weed outbraves his dignity.
　　For sweetest things turn sourest by their deeds;
　　Lilies that fester smell far worse than weeds.

094

사람을 해치는 힘이 있어도 사용하지 않는 사람들,

일을 충분히 해낼 수 있는데, 아무것도 하지 않는 사람들,

다른 사람을 움직이면서 자신은 바위처럼 꼼짝 않는 사람들,

무감동하고, 냉담하며, 유혹에 잘 넘어가지 않는 사람들,

그들은 천상(天上)의 혜택을 수여받은 사람들이다.

그들은 자연의 부를 낭비 않고 유지하는 사람들이다.

그들은 자신의 미모를 소유한 주인들이다.

그 밖의 사람들은 자신의 미덕을 관리하는 일꾼들이다.

여름 꽃은 홀로 피었다가 지고 말지만,

여름 한철에는 아름다운 자태를 보여준다.

그 꽃이 더러운 질병에 걸리면,

비천한 잡초보다도 못한 비참한 몰골로 변한다.

   아무리 아름다운 것도 하는 일이 나쁘면 추악하고,

   백합화도 썩으면 잡초보다 더한 악취를 뿜는다.

Ernst Ludwig Kirchner, *Berlin Street Scene*, 1913, Ernst Ludwig Kirchner

How sweet and lovely dost thou make the shame
Which, like a canker in the fragrant rose,
Doth spot the beauty of thy budding name!
O, in what sweets dost thou thy sins enclose!
That tongue that tells the story of thy days,
Making lascivious comments on thy sport,
Cannot dispraise but in a kind of praise;
Naming thy name blesses an ill report.
O, what a mansion have those vices got
Which for their habitation chose out thee,
Where beauty's veil doth cover every blot,
And all things turns to fair that eyes can see!
    Take heed, dear heart, of this large privilege;
    The hardest knife ill used doth lose his edge.

095

어떻게 치욕을 달콤하고 아름다운 것으로 만듭니까,

향기로운 장미꽃 속에 숨어 있는 해충이

피어나는 당신의 아름다운 명성을 파먹고 있는데!

아아, 당신은 죄악을 아름다운 옷자락에 감추고 있네요!

당신의 사랑놀이에 관해서, 음란한 주석을 달면서,

그 세월 지난 이야기를 주절대는 사람들은,

당신의 이름을 대면 나쁜 일도 좋게 들리니까,

누구나 칭찬의 형식으로 당신을 비꼽니다.

악덕은 거대한 저택을 입수해서,

당신의 육체를 주거로 삼았네요.

그곳은 미(美)의 베일이 모든 오점을 감싸고 있어서,

눈에 보이는 모든 것이 아름답게 변하고 있습니다!

　　사랑하는 사람이여, 엄청난 특권을 조심하세요.

　　단단한 칼도 잘못 쓰면 칼날이 무디어집니다.

Pierre-Auguste Renoir, *Luncheon of the Boating Party*, 1880–81, The Phillips Collection, Washington

Some say thy fault is youth some wantonness;
Some say thy grace is youth and gentle sport,
Both grace and faults are loved of more and less;
Thou mak't faults graces that to these resort.
As on the finger of a throned queen
The basest jewel will be well esteemed,
So are those errors that in thee are seen
To truths translated and for true things deemed.
How many lambs might the stern wolf betray
If like a lamb he could his looks translate!
How many gazers mightst thou lead away
If thou wouldst use the strength of all thy state!
   But do not so. I love thee in such sort
    As, thou being mine, mine is thy good report.

096

어떤 사람은 젊은 혈기와 방탕이 당신의 결점이라고 말합니다.

어떤 사람은 젊음과 신사다운 유흥이 당신의 장점이라고 말합니다.

당신의 장점과 결점을 모든 사람들이 좋아하는 것은

당신이 결점을 장점으로 바꾸고 있기 때문입니다.

옥좌에 앉은 여왕의 손가락을 장식하는 것은

저질 보석이라도 높은 평가를 받는 것처럼,

모든 부정한 행위도 당신이 저지른 일이기에

바른 행위로 둔갑해서 정당성을 인정받습니다.

잔인한 늑대가 양으로 탈바꿈하면,

얼마나 많은 양들이 속아야 합니까!

만약에 자신의 위세로 권력을 함부로 사용하면,

얼마나 많은 찬미자들이 길을 잃고 헤매게 됩니까!

　　그렇게 하면 안 됩니다. 나는 당신을 사랑합니다.

　　당신은 나의 것이기에, 당신의 좋은 평판도 나의 것입니다.

Camille Pissarro, *Boulevard Montmartre*, 1897, Private collection

How like a winter hath my absence been
Form thee, the pleasure of the fleeting year!
What freezings have I felt, what dark days seen,
What old December's bareness everywhere!
And yet this time removed was summer's time,
The teeming autumn, big with rich increase,
Bearing the wanton burden of the prime,
Like widowed wombs after their lords' decease.
Yet this abundant issue seemed to me
But hope of orphans and unfathered fruit;
For summer and his pleasures wait on thee,
And thou away, the very birds are mute;
    Or if they sing, 'tis with so dull a cheer
    That leaves look pale, dreading the winter's near.

097

당신과 헤어진 동안은 겨울 같았습니다.

쏜살처럼 지나가는 세월에 나는 기쁨을 느낍니다!

추위에 떨고, 어두운 나날을 보냈습니다.

12월은 사방이 적막한 황야였습니다!

하지만 당신과 이별한 시기는 여름이었습니다.

풍요로운 가을은 풍성한 수확으로 배가 부르고,

바람난 봄에 잉태한 아기를 출산하려고 했지요.

아버지가 죽은 후, 미망인의 부푼 배와 같습니다.

하지만 유복하게 자라는 아이도 나의 눈에는

아버지를 잃고 살아가는 고아처럼 보였습니다.

여름과 그 즐거움은 당신을 섬기고 있습니다.

당신이 없으니 새들도 노래를 잃고 잠잠합니다.

　　때로는 노래를 해도, 너무나 울적한 느낌이 들어

　　겨울이 다가오는 듯 나뭇잎도 퇴색(退色)입니다.

Paul Gauguin, *Still Life with Head-Shaped Vase and Japanese Woodcut*, 1889, Tehran Museum of Contemporary Art, Teh

From you have I been absent in the spring,
When proud-pied April, dressed in all his trim,
Hath put a spirit of youth in everything,
That heavy Saturn laughed and leapt with him.
Yet nor the lays of birds nor the sweet smell
Of different flowers in odor and in hue
Could make me any summer's story to tell,
Or from their proud lap pluck them where they grew.
Nor did I wonder at the lily's white,
Nor praise the deep vermilion in th rose;
They were but sweet, but figures of delight,
Drawn after you, you pattern of all those.
 Yet seemed it winter still, and, you away,
 As with your shadow I with these did play.

098

당신으로부터 떨어져 있던 계절은 봄이었습니다.

화려한 무늬로 수놓은 새 옷으로 단장한 4월이,

만물에 청춘의 입김을 불어 넣었기 때문에

음산한 겨울의 신도 즐겁게 두둥실 춤을 추었습니다.

그러나 새의 노래를 들어도, 아롱진 색으로 피어나는

온갖 꽃이 풍기는 달콤한 향기를 맡으면서도

나는 즐거운 여름 이야기를 말할 기분이 아니었고,

꽃밭에서 피어나는 꽃을 딸 생각도 하지 않았습니다.

또한 순백의 백합화를 찬탄할 생각도 못하고,

심홍빛 장미꽃을 칭찬할 엄두도 내지 못했습니다.

꽃들은 달콤한 향기를 뿜고, 기쁨의 형상인데,

당신을 모델로 그린 당신의 그림입니다.

　　하지만 나에게는 당신이 없는 기나긴 겨울이었습니다.

　　당신의 그림자라 상상하며 꽃과 함께 나는 놀았습니다.

John William Waterhouse, *Juliet*, 1898, Private collection

The forward violet thus did I chide:
"Sweet thief, whence didst thou steal thy sweet that smells,
If not from my love's breath? The purple pride
Which on thy soft cheek for complexion dwells
In my love's veins thou hast too grossly dyed."
The lily I condemned for thy hand,
And buds of marjoram had stol'n thy hair;
The roses fearfully on thorns did stand,
One blushing shame, another white despair;
A third, nor red nor white, had stol'n of both,
And to his robb'ry had annexed thy breath;
But, for his theft, in pride of all this growth
A vengeful canker ate him up to death.
    More flowers I noted, yet I none could see
    But sweet or color it had stol'n from thee.

099

나는 일찍 핀 바이올렛 꽃을 야단쳤다.

"향기 넘치는 도적이여, 달콤한 향기를 어디서 훔쳤는가.

나의 연인의 입김에서 훔쳤을 것이다.

부드러운 뺨에 묻은 눈부신 색깔도

나의 연인의 혈관에서 물들인 것이다."

나는 당신의 손을 훔친 백합화를 비난하고,

당신의 금갈색 머리칼을 훔친 마요라나 꽃도 꾸짖었습니다.

장미꽃은 몸을 떨며 간신히 가시 줄기에 서서,

수치심에 얼굴을 붉히거나, 절망으로 하얗게 질려 있었습니다.

붉은색도 아니고 흰색도 아닌 세 번째 장미는 양쪽에서 색을 훔친

후,

당신의 입김도 훔쳐서 도난 물품 하나를 추가했습니다.

청춘의 기운으로 만발한 꽃은 훔친 죄로 벌을 받아,

복수심에 불탄 해충의 먹이가 되어 죽었습니다.

　　더 많은 꽃을 봤습니다만, 어느 것 하나도

　　당신의 향기와 색을 훔치지 않는 것이 없었습니다.

Pierre-Auguste Renoir, *Young Girls at the Piano*, 1892, Musée d'Orsay, Paris

Where art thou, muse, that thou forget'st so long
To speak of that which gives thee all thy might?
Spend'st thou thy fury on some worthless song,
Dark'ning thy power to lend vase subjects light?
Return, forgetful muse, and straight redeem
In gentle numbers time so idly spent;
Sing to he ear that doth thy lays esteem
And gives thy pen both skill and argument.
Rise, resty muse; my love's sweet face survey
If Time have any wrinkle graven there.
If any, be a satire to decay
And make Time's spoils despised everywhere.
  Give my love fame faster than Time wastes life;
  So thou prevent'st his scythe and crooked knife.

100

뮤즈여, 어디 있나요, 그토록 오랫동안

시상(詩想)의 영감을 베풀지 않고 있으니?

부질없는 사소한 노래에 헛되이 정열을 쏟아부으면서,

별 볼 일 없는 주제에 헛되게도 빛을 쏟아붓고 있네요.

지금 당장, 돌아오세요, 잊어버리기 잘 하는 뮤즈여,

헛되게 보낸 시간을 고상한 시로 보상해주세요;

당신의 노래를 소중히 여기며, 당신의 펜에 기법과 주제를

안겨주는 이들의 귀에다 노래를 들려주세요.

일어나세요, 게으른 뮤즈여, 나의 애인의 얼굴에

시간의 주름살을 심었는지 살펴보세요.

주름이 발견되면 시간의 쇠퇴를 풍자하는 시를 쓰고,

시간의 파괴가 세상 사람의 비웃음을 유발하도록 하세요.

　　나의 연인이 시간에 의해 목숨을 탈취당하기 전에,

　　시간의 큰 낫과 칼을 물리치며, 그에게 명성을 안겨주세요.

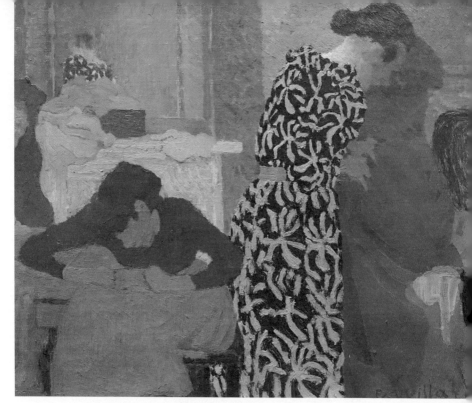

Edouard Vuillard, *The Flowered Dress*, 1891, Museu de Arte Moderna de São Paulo, São Paulo

O truant muse, what shall be thy amends
For thy neglect of truth in beauty dyed?
Both truth and beauty on my love depends;
So dost thou too, and therein dignified.
Make answer, muse. Wilt thou not haply say
"Truth needs no color with his color fixed,
Beauty no pencil beauty's truth to lay;
But best is best if never intermixed"?
Because he needs no praise, wilt thou be dumb?
Excuse not silence so, for 't lies in thee
To make him much outlive a gilded tomb
And to be praised of ages yet to be.
    Then do thy office, muse; I teach thee how
    To make him seem long hence as he shows how.

101

게으른 뮤즈여, 미(美)에 포장된 진실에 대해서

소홀한 죄를 당신은 무엇으로 보상합니까?

진실도 아름다움도 내 연인에 의존하고 있으니;

당신도 그러하겠지요. 당신의 위엄도 거기 있습니다.

응답하세요, 뮤즈여. 당신은 아마도 말하겠지요.

"진실은 나의 색을 지녔기 때문에 물감이 필요 없다.

미의 진실을 그리기 위해 아름다움은 화필이 필요 없다.

최고의 것은 섞이지 않고 남아 있을 때가 최고다."

그는 찬사가 필요치 않기 때문에 침묵합니까?

침묵에 대한 변명은 하지 마세요. 당신은

금박 입힌 분묘보다 더 장생(長生)케 해서

미래의 찬양을 그에게 안기는 힘이 있기 때문이죠.

　　그러니 임무를 다하세요, 뮤즈여, 나는 그대에게 지금의

　　그의 모습을 먼 훗날까지 전달하는 방법을 알리겠습니다.

François Boucher, *Reclining Girl*, 1751, Wallraf-Richartz Museum, Cologne

My love is strengthened, though more weak in seeming'
I love not less, though less the show appear.
That love is merchandized whose rich esteeming
The owner's tongue doth publish everywhere.
Our love was new, and then but in the spring,
When I was wont to greet it with my lays,
As Philomel in summer's front doth sing,
And stops his pipe in growth of riper days.
Not that the summer is less pleasant now
Than when her mournful hymns did hush the night,
But that wild music burdens every bough,
And sweets grown common lose their dear delight.
　Therefore, like her, I sometime hold my tongue,
　Because I would not dull you with my song.

102

나의 사랑은 약해진 듯 보이지만 사실은 강하다.

겉보기에는 줄었지만 사랑은 줄지 않았다.

소유주가 고가품이라고 불고 다니면

그런 사랑은 사고파는 상품과도 같다.

우리들의 사랑은 신선했다. 때는 바야흐로 봄이었다.

나는 노래를 하면서 사랑을 만났다.

여름날 노래하는 나이팅게일도

여름이 깊어지면 노래를 멈추는데,

슬픈 가락으로 사방이 고요한 밤보다

여름 한철이 덜 즐겁다는 것은 아니다.

노래는 사방에 퍼져서 가지마다 가득한데,

달콤한 노래도 항상 듣게 되면 기쁨이 줄어든다.

　　내가 때때로 나이팅게일처럼 입을 다물고 있는 것은,

　　나의 노래로 당신을 지루하게 만들지 않기 위해서다.

John Everett Millais, *Autumn Leaves*, 1855–56, Manchester City of Art Galleries, UK

Alack, what poverty my muse brings forth,
That, having such a scope to show her pride,
The argument all bare is of more worth
Than when it hath my added praise beside,
O, blame me not if I no more can write!
Look in your glass, and there appears a face
That overgoes my blunt invention quite,
Dulling my lines and doing me disgrace,
Were it not sinful then, striving to mend,
To mar the subject that before was well?
For to no other pass my verses tend
Than of your graces and your gifts to tell.
    And more, much more than in my verse can sit
    Your own glass shows you when you look in it.

103

아아, 나의 뮤즈가 만든 작품은 참으로 초라합니다.

나의 재량을 발휘할 수 있는 기회였는데,

내가 칭찬의 말을 추가해서 후에 만든 작품보다도,

꾸미지 않았던 최초의 작품이 더 좋았습니다.

더 이상 쓸 수 없다고 해도 나를 책망하지 마세요.

당신이 거울을 보면, 거기 비치는 당신의 얼굴은

나의 조잡한 구상(構想)의 힘보다 훨씬 좋게 보여,

나의 시를 볼품없이 만들고, 나를 창피스럽게 하고 있습니다.

더 잘 만들려고 했지만, 해봐도 그전보다

못한 것으로 망가지는 것은 죄악이 아닙니까?

나의 시는 당신의 아름다움과 재능을 찬양하는

이외의 목적을 갖고 있지 않습니다.

　　당신이 자신의 거울을 보면, 나의 시보다

　　훨씬 더 많고, 많은 것을 그 속에서 봅니다.

Edvard Munch, *Girls on the Jetty*, 1899, Munch Museum, Oslo

To me, fair friend, you never can be old,
For as you were when first your eye I eyed,
Such seems your beauty still. Three winters cold
Have from the forests shook three summers' pride,
Three beauteous springs to yellow autumn turned
In process of the seasons have I seen,
Three April perfumes in three hot Junes burned,
Since first I saw you fresh, which yet are green.
Ah, yet doth beauty, like a dial hand,
Steal from his figure, and no pace perceived;
So your sweet hue, which methinks still doth stand,
Hath motion and mine eye may be deceived:
　　For fear of which, hear this, thou age unbred:
　　Ere you were born was beauty's summer dead.

104

정다운 친구여, 그대는 결코 늙지 않아요.

처음으로 그대를 내 눈으로 보았을 때,

그 아름다움은 세월이 가도 변함이 없지요.

신록 같던 청신한 그대를 처음 본 이래로,

세 차례 추운 겨울은 숲속의 나뭇가지마다

세 번 화려한 여름옷을 털어버리고,

세 차례 눈부신 봄은 세 번이나 누런 가을로 바뀌면서,

세 번의 4월 향기는 세 번의 6월 불더위로 변했습니다.

아아, 그런데, 아름다움은 시곗바늘 같아요.

살며시 바늘이 움직이지만, 그 걸음이 보이지 않습니다.

당신의 아름다운 용모도 나에게는 정지된 모습이지만,

사실은 움직이고 있는데, 내 눈은 속고 있을 뿐입니다.

　이 때문에, 들으세요. 두려움에 떨고 있는 미래 세대에 고합니다.

　그대들 태어나기 전 미(美)의 절정인 여름은 사라졌습니다.

Edouard Manet, *The Viennoise: Portrait of Irma Brunner in a Black Hat*, 1880, Musée d'Orsay, Paris

Let not my love be called idolatry,
Nor my beloved as an idol show,
Since all alike my songs and praises be
To one, of one, still such, and ever so.
Kind is my love today, tomorrow kind,
Still constant in a wondrous excellence;
Therefore my verse, to constancy confined,
One thing expressing, leaves out difference.
"Fair, kind, and true" is all my argument,
"Fair, kind, and true," varying to other words;
And in this change is my invention spent,
Three themes in one, which wondrous scope affords.
    "Fair," "kind," and "true" have often lived alone,
    Which three till now never kept seat in one.

105

나의 사랑을 우상숭배라고 말하지 마세요.

나의 애인을 우상이라 생각지 마세요.

나의 노래와 찬가는 항상 변함없이

한 사람에게 바쳐지고, 한 사람만을 이야기합니다.

나의 연인은 오늘도, 내일도 항상 다정하며,

그 탁월한 자질은 언제나 한결같아서, 나의 시(詩)도

항상 변함없이 한 가지 주제만을 다루고,

다른 것은 관심 밖입니다.

"진, 선, 미"는 나의 주제의 전부입니다.

"진, 선, 미"를 다른 말로 바꾸며 말하는 일에

나의 창의력이 집중적으로 가동됩니다.

세 가지 주제를 하나로 묶는 일은 범위가 광대합니다.

　"진, 선, 미"는 때때로 개별적으로 살아갑니다.

　허나, 지금까지 삼자가 한자리에 있은 적은 없습니다.

Johannes Vermeer, *View of Houses in Delft, known as 'The little Street'*, c.1658,
Rijksmuseum Amsterdam, Amsterdam

When in the chronicle of wasted time
I see descriptions of the fairest wights,
And beauty making beautiful old rhyme
In praise of ladies dead and lovely knights,
Then in the blazon of sweet beauty's best,
Of hand, of foot, of lip, of eye, of brow,
I see their antique pen would have expressed
Even such a beauty as you master now.
So all their praises are but prophecies
Of this our time, all you prefiguring;
And, for they looked but with divining eyes,
They had not skill enough your worth to sing.
   For we, which now behold these present days,
    Have eyes to wonder, but lack tongues to praise.

106

폐허가 된 고대의 연대기를 보면,

놀랍게도 아름다운 남녀상이 그려져 있습니다.

아름다운 사람들이 죽은 귀부인과 멋스러운

기사(騎士)를 예찬하는 노래를 지었습니다.

그곳에 있는 최고로 아름다운 그림을 보니,

손, 발, 입술, 눈, 이마의 정교한 묘사는

당신이 갖고 있는 그런 아름다움을

펜으로 그려내고 싶었음을 알게 됩니다.

그들의 찬사는 우리 시대의 모든 것과

당신에 관한 것을 예언하고 있습니다.

그들은 상상의 눈으로밖에 볼 수 없었기 때문에,

당신의 가치를 노래하는 역량을 갖추지 못했습니다.

　　찬양하는 눈은 있어도, 칭찬하는 혀가 없는

　　현대를 바라보면서 우리들은 슬퍼합니다.

Vincent van Gogh, *The Olive Grove*, 1889, Museum of Modern Art, New York

Not mine own fears nor the prophetic soul
Of the wide world dreaming on things to come
Can yet the lease of my true love control,
Supposed as forget to a confined doom.
The mortal moon hath her eclipse endured,
And the sad augurs mock their own presage;
Incertainties now crown themselves assured,
And peace proclaims olives of endless age.
Now with the drops of this most balmy time
My love looks fresh, and Death to me subscribes,
Since, spite of him, I'll live in this poor rhyme,
While he insults o'er dull and speechless tribes;
    And thou in this shalt find thy monument
    When tyrants' crests and tombs of brass are spent.

107

나의 두려움도, 미래의 넓은 세상을

꿈꾸는 사람들의 예측도, 나의 진실한 사랑도

운명의 손에 맡길 수밖에 없다는 것을 알면서,

나는 사랑의 시기를 정하지 못하고 있다.

달의 여신인 여왕*은 월식에서 회복되고,

수심 깊은 점쟁이는 자신의 예언을 비웃고 있다.

불안은 사라지고 안정감이 옥좌를 감싸며,

평화의 올리브는 영원한 생명**을 구가(謳歌)한다.

상쾌한 향기로 상처를 아물게 하는 이 시대의 물방울로

내 사랑은 샘솟듯 살아나고, 죽음은 내 앞에 엎드린다.

죽음은 무지하고 말 없는 대중 앞에서 승리감에 취해도,

나는 흔들리지 않고 보잘것없지만 시(詩)에서 살아남는다.

　　폭군들의 철갑옷 장식과 장식된 분묘는 소멸되어도

　　당신의 기념물인 이 시는 계속 살아남을 것이다.

* 엘리자베스 1세
** 제임스 1세

Diego Velázquez, *The Toilet of Venus*, 1651, National Gallery, London

What's in the brain that ink may character
Which hath not figured to thee my true spirit?
What's new to speak, what now to register,
That may express my love or thy dear merit?
Nothing, sweet boy; but yet, like prayers divine,
I must each day say o'er the very same,
Counting no old thing old, thou mine, I thine,
Even as when first I hallowed thy fair name.
So that eternal love in love's fresh case
Weighs not the dust and injury of age,
Nor gives to necessary wrinkles place,
But makes antiquity for aye his page,
      Finding the first conceit of love thee bred,
          Where time and outward form would show it dead.

108

나의 모든 것을 당신에게 보여준 이상,

잉크로 더 써낼 것이 내 머리에 남아 있나요?

나의 사랑이여, 당신의 귀중한 미덕을 표현하기 위해

새로운 무엇을 말하고, 무엇을 기록해야 합니까?

아무것도 없습니다. 사랑하는 임이여, 과거 하던 말을

낡았다 하지 않고, 매일, 매일, 성스런 기도로 되풀이하며,

처음으로 당신의 아름다운 이름을 찬양하던 때처럼,

당신은 나의 것, 나는 당신의 것.

이렇게 해서 영원한 사랑은 사랑의 신선함을 잃지 않고,

노령에 따라붙는 쇠약에도 끄덕 않고,

당연히 자리 잡는 주름살도 피하고,

노년을 항상 자신의 하인 삼고 있지요.

　세월은 흘러 겉모습은 변하고 사랑이 사라진 듯하지만,

　첫사랑이 눈뜬 자리는 계속 살아남는 것을 봅니다.

Nicolas Poussin, *St Cecilia*, 1627–1628, Museo del Prado, Madrid

O, never say that I was false of heart,
Though absence seemed my flame to qualify;
As easy might I from myself depart
As from my soul, which in thy breast doth lie.
That is my home of love. If I have ranged,
Like him that travels I return again,
Just to the time, not with the time exchanged,
So that myself bring water for my stain.
Never believe, though in my nature reigned
All frailties that besiege all kinds of blood,
That it could so preposterously be stained
To leave for nothing all thy sum of good.
   For nothing this wide universe I call,
    Save thou, my rose, in it thou art my all.

109

떨어져 있는 동안, 나의 불꽃이 쇠잔했다고 보일는지 몰라도,

제발, 내가 부정한 사람이 되었다는 말은 하지 마세요.

나 자신과 쉽사리 떨어질 수 없습니다.

당신 가슴속에 자리한 내 영혼과도 헤어질 수 없습니다.

비록 당신으로부터 벗어나더라도, 그곳은 나의 사랑의 집.

길 떠난 나그네처럼, 나는 다시 돌아옵니다.

나는 예정된 시간에, 변하지 않고,

헤어져 있는 동안 지은 죄를 눈물로 씻어내며 집으로 옵니다.

온갖 사람에 엉키면서 지나는 성질 때문에

별의별 약점 다 나를 움켜잡아도,

당신의 미덕을 팽개칠 정도로

종잡을 수 없이 타락하지는 않습니다.

　　나의 장미여, 그 속에 내가 있습니다. 당신이 없으면,

　　광대무변 우주도 나에게는 없는 것입니다.

Gustav Klimt, *Bildnis Fritza Riedler*, 1906, Österreichische Galerie Belvedere, Vienna

Alas, 'tis true, I have gone here and there
And made myself a motley to the view,
Gored mine own thoughts, sold cheap what is most dear,
Made old offenses of affections new.
Most true it is that I have looked on truth
Askance and strangely; but by all above,
These blenches gave my heart another youth,
And worse essays proved thee my best of love.
Now all is done, have what shall have no end.
Mine appetite I never more will grind
On newer proof, to try an older friend.
A god in love, to whom I am confined.
 Then give me welcome next my heaven the best,
 Even to thy pure and most most loving breast.

110

아아, 정말이지, 나는 여기저기 방황했습니다.

대중들 앞에서 어릿광대 바보짓도 했습니다.

마음의 상처로 귀중품을 헐값으로 내다 팔고,

새로운 사랑을 쫓으며, 옛사랑을 배반했습니다.

정말이지, 진실을 볼 때는

슬금슬금 대충 봤지만, 사실은

이런 곁눈질이 나의 젊음을 되살려주고,

별 볼 일 없는 사람 만나며 당신이 최고라고 생각했습니다.

모든 것은 끝났습니다. 영속적인 내 사랑을 받아주세요.

새로운 사랑을 위해 옛사랑을 맷돌에 갈면서

시험하는 일은 두 번 다시는 없습니다.

당신은 유일한 나의 사랑의 신(神)이지요.

　천국 다음으로 당신이 최고이며,

　순결하고 너무나 사랑스런 가슴속에 나를 받아주세요.

Rembrandt Van Rijn, *Self portrait*, 1658, Frick Collection, New York

O, for my sake do you with Fortune chide.
The guilty goddess of my harmful deeds,
That did not better for my life provide
Than public means which public manners breeds.
Thence comes it that my name receives a brand;
And almost thence my nature is subdued
To what it works in, like the dyer's hand.
Pity me, then, and wish I were renewed,
Whilst, like a willing patient, I will drink,
Potions of eisel 'gainst my strong infection;
No bitterness that I will bitter think,
Nor double penance, to correct correction.
    Pity me, then, dear friend, and I assure ye
    Even that your pity is enough to cure me.

111

질타하려면 운명의 여신을 꾸짖으세요.

내가 잘못한 것은 그 여신 때문입니다.

내가 살아가기 위해 배우고 얻은 것은

저속한 대중적 인기 직업이었습니다.

그 때문에 내 이름엔 치욕스런 낙인이 찍히고;

그 때문에 내 성질은 염색공 손바닥처럼

내 직업의 색깔로 물들었습니다.

나를 불쌍히 여겨, 재생을 도와주세요.

나는 순진한 환자처럼, 전염병으로부터 몸을 지키기 위해

신맛 나는 쓴 약도 먹겠습니다.

어떤 괴로움도 고생스럽다 생각지 않으렵니다.

벌이 두 번이나 겹치더라도 참고 견디렵니다.

　　나를 불쌍히 여기세요, 사랑하는 사람이여,

　　당신의 연민은 나의 치유를 도와줍니다.

Frédéric Bazille, *The Pink Dress*, 1864, Musée d'Orsay, Paris

Your love and pity doth th' impression fill
Which vulgar scandal stamped upon my brow;
For what care I who calls me well or ill,
So you o'ergreen my bad, my good allow?
You are my all the world, and I must strive
To know my shames and praises from your tongue;
None else to me, nor I to none alive,
That my steeled sense or changes right or wrong
In so profound abysm I throw all care
Of others' voices that my adder's sense
To critic and to flatterer stopped are.
Mark how with my neglect I do dispense:
   You are so strongly in my purpose bred
   That all the world besides methinks are dead.

112

세간의 비난이 나의 이마에 찍어놓은 낙인의 상처를

무마시키는 것은 당신의 사랑과 연민입니다.

당신이 나의 잘못을 덮어주고, 나의 선행을 인정해주면,

좋든 나쁘든 남들이 나에 대해서 하는 말에 관심 없습니다.

당신은 나의 전 세계입니다. 나에 대한 칭찬이건, 비난이건,

당신 입에서 나오는 것이 아니면, 듣지도 않을 것입니다.

쇠뭉치 같은 나의 감성을 바꿀 수 있는 것은

이 세상에 당신뿐이고, 타인의 수고와 의견은

심연 속에 내던졌으니,

나는 독사 같은 두 귀를 틀어막고,

비판의 소리든, 칭찬의 소리든 듣지 않을 작정입니다.

비평에 대한 나의 무관심을 주목해주시기 바랍니다.

　　당신이 너무나 강하게 나의 집념 속에 살아 있기 때문에

　　당신 이외의 온 세상은 나에게는 죽은 것과 다름없습니다.

Johan Barthold Jongkind, *Demolition of the Rue des Francs*, 1868, Gemeentemuseum Den Haag, The Hague

Since I left you, mine eye is in my mind,
And that which governs me to go about
Doth part his function, and is partly blind,
Seems seeing, but effectually is out;
For it no form delivers to the heart
Of bird, flower, or shape which it doth latch;
Of his quick objects hath the mind no part,
Nor his own vision holds what it doth catch.
For if it see the rud'st or gentlest sight,
The most sweet favor or deformed'st creature,
The mountain or the sea, the day or night,
The crow or dove, it shapes them to your feature.
    Incapable of more replete with you,
      My most true mind thus maketh mine eye untrue.

113

당신과 헤어진 후, 내 눈은 마음속에서,

산책길 안내 기능을 잃었습니다.

길을 가야 하는데, 시력을 잃게 되어,

보고 있는 듯하지만, 실제로는 아무것도 볼 수 없습니다.

내 눈은 새나 꽃이나, 그 밖에 자신이 파악한 모든 사물을

있는 그대로의 모습으로 마음에 전달하지 못했습니다.

그래서 마음은 눈앞의 사물을 모르고 지나고,

눈이 잡은 사물을 기록으로 갖지 못하고 있습니다.

내 눈은 조잡하고, 우아한 것을,

아름답고 미운 것을,

산과 바다, 낮과 밤, 까마귀와 비둘기,

무엇을 보든 나 자신의 모습으로 전환합니다.

　　나의 진실한 마음은 당신으로 가득 차 있기 때문에,

　　다른 것은 받을 수 없고, 모든 것은 거짓으로 보입니다.

Leonardo da Vinci, *Mona Lisa*, 1503–06, Louvre Museum, Paris

Or whether doth my mind, being crowned with you,
Drink up the monarch's plague, this flattery?
Or whether shall I say mine eye saith true,
And that your love taught it this alchemy,
To make of monsters and things indigest
Such cherubins as your sweet self resemble,
Creating every bad a perfect best
As fast as objects to hs beams assemble?
O, 'tis the first: 'tis flattery in my seeing,
And my great mind most kingly drinks it up.
Mine eye well knows what with his gust is greeing,
And to his palate doth prepare the cup.
   If it be poisoned, 'tis the lesser sin
   That mine eye loves it and doth first begin.

114

당신의 사랑으로 왕좌에 앉은 나는,

왕의 고질병인 측근들 아부의 잔을 들고 있나요?

내 눈은 진실이라고 말하고 있는데, 사랑하는

당신의 연금술이 내 속에 파고들었나요?

그 연금술로 시야에 들어온 것은

괴상망측한 것이 순식간에 모습을 바꿔,

당신을 닮은 아름다운 천동(天童)이 되고

온갖 악행이 선한 것으로 바뀌는 상황입니다.

정답은 첫 번째입니다. 내 눈은 추종들 아부로,

나의 위대한 마음은 왕이 되어 그 잔을 마십니다.

눈은 마음이 무엇을 좋아하는지 알기 때문에,

마음의 혀에 맞춰서 음료를 조율합니다.

　만약에 독이 섞여 있다 하더라도, 죄는 가볍습니다.

　눈이 그것을 좋아하고, 눈이 먼저 맛을 보았습니다.

Jean-Honoré Fragonard, *The swing*, 1767, Wallace Collection, London

Those lines that I before have writ do lie,
Even those that said I could not love you dearer,
Yet then my judgment knew no reason why
My most full flame should afterwards burn clearer.
But reckoning time, whose millioned accidents
Creep in 'twixt vows and change decrees of kings,
Tan sacred beauty, blunt the sharp'st intents,
Divert strong minds to th' course of alt'ring things —
Alas, why, fearing of time's tyranny,
Might I not then say "Now I love you best,"
When I was certain o'er incertainty,
Crowning the present, doubting of the rest?
    Love is a babe. Then might I not say so,
    To give full growth to that which still doth grow.

115

그전에 쓴 나의 시는 거짓말이었습니다.

더 이상 당신을 깊이 사랑할 수 없다는 구절 말입니다.

내 사랑이 그 당시 그토록 세차게 불붙고

마냥 타오를 것이라고 상상도 못 했습니다.

그러나 시간은 무수한 사건을 잉태하고,

맹세를 방해하며, 국왕의 칙령도 바꾸고,

신성한 아름다움을 해치고, 격한 열정을 잠재우며,

억센 마음의 흐름을 변심으로 돌리고자 유혹합니다.

아아, 그래서, 나는 시간의 폭력을 두려워하며,

일체의 불안감을 누르고, 현재만을 믿으며,

앞날을 의심하면서 이렇게 말하지 않았습니까?

"지금 나는 당신을 깊이 사랑합니다."

　그렇게 말하지 말아야 했지요. 사랑은 갓난아기인데,

　성장 과정에 있는 아기를 어른 취급했으니깐 말이죠.

Francesco Hayez, *Die Flüchtlinge von Parga*, Detail, 1831, Pinacoteca Tosio Martinengo, Brescia

Let me not to the marriage of true minds
Admit impediments. Love is not love
Which alters when it alteration finds
Of bends with the remover to remove.
O, no, it is an ever-fixed mark
That looks on tempests and is never shaken;
It is the star to every wand'ring bark,
Whose worth's unknown, although his height be taken.
Love's not Time's fool, though rosy lips and cheeks
Within his bending sickle's compass come;
Love alters not with his brief hours and weeks,
But bears it out even to the edge of doom.
   If this be error, and upon me proved,
   I never writ, nor no man ever loved.

116

진실한 마음과 마음이 만나는 결혼에

장해가 끼어드는 것을 나는 믿을 수 없다.

사정이 변하면 자신도 변하고,

상대가 변하면 자신도 변하는 사랑은 사랑이 아니다.

아, 아니다. 사랑은 모진 비바람을 버티고,

흔들리지 않으며, 꿋꿋하게 서 있는 등대이다.

사랑은 헤매는 배를 인도하는,

높이는 알아도 영향력은 알 수 없는 하늘의 별과도 같다.

장밋빛 입술과 두 뺨은 시간의 큰 낫으로 잘려도,

사랑은 시간의 어릿광대가 아니다.

사랑은 짧은 나날과 세월에 변하는 것이 아니라,

최후의 심판의 날까지 견디고 지속되는 힘이다.

　　나의 몸으로 입증되는 이 사실이 거짓이라면,

　　나의 시는 없는 것이요, 사랑도 없는 것이 된다.

Maximilien Luce, *The Quai Saint-Michel and Notre-Dame*, 1901, Musée d'Orsay, Paris

Accuse me thus: that I have scanted all
Wherein I should your great deserts repay,
Forgot upon your dearest love to call,
Whereto all bonds do tie me day by day;
That I have frequent been with unknown minds,
And given to time your own dear-purchased right;
That I have hoisted sail to all the winds
Which should transport me farthest from your sight;
Book both my willfulness and error down,
And on just proof surmise accumulate;
Bring me within the level of your frown,
But shoot not at me in your weekend hate,
    Since my appeal says I did strive to prove
    The constancy and virtue of your love.

117

나를 비난하세요. 당신의 큰 은혜에

당연히 보답해야 하는데, 인색하게 굴었습니다.

나는 지난 세월 속에서 당신의 사랑에 묶여 있었는데,

그 사랑에 호소하는 것을 잊었습니다.

나는 별 볼 일 없는 친구들과 가깝게 지내면서,

당신이 큰 희생을 치르고 얻은 사랑을 낭비했습니다.

당신으로부터 멀리 떨어지기 위해

나는 바람에 돛을 달고 도망쳤습니다.

고의든 과실이든 나의 죄를 기록해서,

확실한 증거로 삼고 당신의 추측을 첨가하세요.

나를 당신이 싫어하는 표적의 대상으로 삼으세요.

그러나 알량한 증오심으로 나에게 활은 쏘지 마세요.

　　나는 당신의 변함없는 사랑과 그 소중함을

　　안간힘을 다해 입증하려고 노력하고 있습니다.

Meindert Hobbema, *The Avenue at Middelharnis*, 1689, National Gallery, London

Like as to make our appetites more keen
With eager compounds we our palate urge;
As to prevent our maladies unseen
We sicken to shun sickness when we purge;
Even so, being full of your ne'er-cloying sweetness,
To bitter sauces did I frame my feeding;
And, sick of welfare, found a kind of meetness
To be diseased ere that there was true needing.
Thus policy in love, t'anticipate
The ills that were not, grew to faults assured,
And brought to medicine a healthful state
Which, rank of goodness, would by ill be cured.
　　But thence I learn, and find the lesson true:
　　Drugs poison him that so fell sick of you.

118

사람들은 식욕을 더욱더 촉진하기 위해

미각을 자극하는 것이면 무엇이든 맛을 보고,

아직도 자각 증상이 없는 병을 예방하기 위해

설사약으로 병을 피하려다 오히려 병을 얻습니다.

당신의 지칠 줄 모르는 감미(甘味) 탐식(貪食)에,

넌더리 나서 쓴 양념을 찾아 맛보기도 했는데,

이런 일에도 식상한 나머지 그럴 필요도 없었지만,

병에 걸려보는 일도 괜찮다고 생각하게 되었습니다.

이런 일이 계속되자 있지도 않는 병을 예방한답시고 한 일이

오히려 병에 걸리는 결과를 초래했습니다.

행복에 겨워 건강한 몸이 거꾸로 치료를 받아야 하는

불행한 일을 자초하게 된 것입니다.

　　당신에게 싫증나면 약도 독이 된다는 진실을

　　나는 이 일로 한 가지 교훈을 얻게 되었습니다.

Ilya Repin, *Tolstoy Resting in the Woods*, 1891, Tretyakov Gallery

What potions have I have drunk of siren tears
Distilled from limbecks foul as hell within,
Applying fears to hopes and hopes to fears,
Still losing when I saw myself to win!
What wretched errors hath my heart committed,
Whilst it hath thought itself so blessed never!
How have mine eyes out of their spheres been fitted
In the distraction of this madding fever!
O, benefit of ill! Now I find true
That better is by evil still made better;
And ruined love, when it is built anew,
Grows fairer than at first, more strong, far greater.
   So I return rebuked to my content,
    And gain by ills thrice more than I have spent.

119

지옥처럼 더러운 증류기(蒸溜器)에서 걸러진

마녀의 눈물을 나는 얼마나 마셨는가.

희망에는 불안을, 불안에는 희망을 적용하면서,

이겼다고 생각했을 때, 나는 사실상 패배했었다.

이루 말할 수 없이 축복을 받았다고 기뻐 날뛸 때,

내 마음은 너무나 처참한 오류를 범하고 있었다.

미친 듯 정욕의 열병에 사로잡혀 있을 때,

내 눈은 정상의 자리에서 빗나가고 있었다.

아, 흉운(凶運)의 은혜여! 나는 이제야 믿게 되었다.

선은 악을 극복하면서 더욱더 좋아진다.

무너진 사랑은 다시 세워 일으키면서,

처음보다 더 아름다워지고, 더 강해지고, 더 커진다.

　　그래서 나는 견책(譴責)을 받고 마음이 충족된다.

　　악을 저지르면 나는 잃은 것을 세 배로 받게 된다.

Gustave Courbet, *The Studio of the Painter, a Real Allegory*, 1855, Musée d'Orsay, Paris

That you were once unkind befriends me now,
And for that sorrow which I then did feel
Needs must I under my transgression bow,
Unless my nerves were brass or hammered steel.
For if you were by my unkindness shaken
As I by yours, you've passed a hell of time,
And I, a tyrant, have no leisure taken
To weigh how once I suffered in your crime.
O, that our night of woe might have remembered
My deepest sense how hard true sorrow hits,
And soon to you as you to me then tendered
The humble salve which wounded bosoms fits!
    But tht your trepass now becomes a fee;
    Mine ransoms yours, and yours must ransom me.

120

당신이 한때, 나에게 불친절했던 것이 지금은 나를 돕고 있습니다.

이 몸은 놋쇠도 강철도 아니지만,

그 당시 내가 느꼈던 슬픔을 이겨내고,

지금 나는 무거운 죄로 인해 머리를 수그리고 있습니다.

만약 당신이 과거 내가 당했던 것처럼 나의 불친절로 고난을 겪는다

면,

당신은 지금 지옥 같은 시간을 보내고 있을 것입니다.

폭군이 된 나는 한때 당신의 배신으로 인해

얼마나 고통을 받고 있었는지 지금은 아무런 생각도 없습니다.

아, 우리들의 슬펐던 밤, 그때 느꼈던 진정한 슬픔의 고통을

지금 마음속 깊이에서 회상할 수 있으면 얼마나 좋을까요.

당신이 그때 나에게 베풀었듯이 마음의 상처에 바르는

겸양의 고약을 당신에게도 해주었으면 얼마나 좋을까요!

　　나의 죄가 당신의 죄를 사하여주기 때문에,

　　당신의 죄는 나의 죄를 사하여줍니다.

Georges-Pierre Seurat, *Bathers in Asnières*, 1884, National Gallery, London

'Tis better to be vile than vile esteemed,
When not to be receives reproach of being,
And the just pleasure lost, which is so deemed
Not by our feeling but by others' seeing.
For why should others' false adulterate eyes
Give salutation to my sportive blood?
Or on my frailties why are frailer spies,
Which in their wills count bad what I think good?
No, I am that I am; and they that level
At my abuses reckon up their own.
I may be straight though they themselves be bevel;
By their rank thoughts my deed must not be shown,
    Unless this general evil they maintain:
    All men are bad and in their badness reign.

121

잘못이 없는데 비난받는 경우가 있는데,

나쁘다고 판정되느니 차라리 나빠지는 것이 좋다.

우리 느낌으로는 괜찮은 올바른 쾌락도

타인이 보고 나쁘다고 말하면, 손상을 입게 된다.

나는 놀기 좋아하지만, 그렇다고 해서 왜 타인으로부터

부정한 눈총을 받아야만 하는가? 내가 도덕심이 약하다지만,

그렇다고 해서 나보다 더 나쁜 사람도 있는데, 그들이 내가

옳다는 것을 나쁘다고 말할 때, 나는 참고 들어야 하는가?

아니다. 남이 뭐라 해도, 나는 나다. 나에게 험구(險口)하는 사람들은

자신들의 악행을 스스로 털어놓는 일이 될 것이다.

나는 정직하다. 그들이야말로 뒤틀린 악당들이다.

그들의 빗나간 생각으로 내 행동을 보지 말았으면 좋겠다.

　　그렇지 않으면 사람은 모두 악인 되고, 악인 천지 된다.

　　성악설 주장하며, 무법천지 되면 모를까.

Jean-Auguste-Dominique Ingres, *Madame Moitessier*, 1856, National Gallery, London

Thy gift, thy tables, are within my brain
Full charactered with lasting memory,
Which shall above that idle rank remain
Beyond all date, even to eternity —
Or at the least, so long as brain and heart
Have faculty by nature to subsist;
Till each to razed oblivion yield his part
Of thee, thy record never can be missed.
That poor retention could not so much hold,
Nor need I tallies thy dear love to score;
Therefore to give them from me was I bold,
To trust those tables that receive thee more.
    To keep an adjunct to remember thee
    Were to import forgetfulness in me.

122

당신의 선물인 수첩은 우리들 추억의 기록인데,

오래 남도록 내 두뇌 속에 보존해두었습니다.

그렇게 하면, 별 볼 일 없는 일이 지면에 남는 것을

초월해서 회상은 영원히 기억 속에 머물 수 있습니다.

적어도, 마음과 머리가 자연으로부터 부여받은 본래의

능력이 발휘되면 오랫동안 살아남게 될 것입니다.

머리와 마음이 당신의 사고와 감정을

망각으로 끌고 가는 시점까지는 당신의 기록은 남을 것입니다.

그러나 허약한 기억력은 많은 기록을 갖지 못합니다.

당신의 귀중한 사랑의 수첩도 나는 원치 않게 되어,

그 결과 나는 수첩을 대담하게 버리게 되고, 대신,

당신의 모든 것이 들어 있는 마음의 수첩을 갖습니다.

　　당신을 기억하기 위한 비망록은

　　나의 건망증을 과시할 뿐입니다.

Vincent van Gogh, *Self-portrait with bandaged ear*, 1889, Courtauld Institute of Art, London

No, Time, thou shalt not boast that I do change.
Thy pyramids built up with newer might
To me are nothing novel, nothing strange;
They are but dressings of a former sight.
Our dates are brief, and therefore we admire
What thou dost foist upon us that is old,
And rather make them born to our desire
Than think that we before have heard them told.
Thy registers and thee I both defy,
Not wond'ring at the present nor the past;
For thy records and what we see doth lie,
Made more or less by thy continual haste.
    This I do vow, and this shall ever be:
    I will be true despite thy scythe and thee.

123

아니다. 시간이여, 내가 변심한다고 떠벌리지 말라.

그대가 새로운 힘을 결집해서 세운 대건축물도

나에게는 새롭지 않고, 신기하지도 않다.

그전의 겉모양을 새로 단장했을 뿐이다.

인간의 목숨은 짧다. 그대가 사기꾼처럼 낡은 것을

새것으로 꾸며서 보여주면, 그전에 들어본 일이

있는 것도 모르고, 우리는 멋지다고 생각하고,

우리가 바라는 대로 만들어진 신품이라고 생각한다.

현재와 과거를 신비롭게 생각하지 않기 때문에,

그대의 시간과 연대기를 나는 거부한다.

시간이여, 그대와 기록은 진실이 아니기 때문이다.

빠른 시간의 흐름은 때로 확장되거나 축소되어 보인다.

　　나는 영원히 변하지 않는다고 맹세할 수 있다.

　　시간이 큰 낫을 휘둘러도 나는 항상 진실하다.

Anders Zorn, *Mrs. Walter Rathbone Bacon*, 1897, Metropolitan Museum of Art, New York

If my dear love were but the child of state,
It might for fortune's bastard be unfathered,
As subject to time's love or to time's hate,
Weeds among weeds, or flowers with flowers gathered.
No, it was builded far from accident;
It suffers not in smiling pomp, nor falls
Under the blow of thralled discontent,
Whereto th' inviting time our fashion calls.
It fears not policy that heretic
Which works on leases of short-numbered hours,
But all alone stands hugely politic,
That it nor grows with heat nor drowns with showers.
　　To this I witness call the fools of time,
　　Which die for goodness who have lived for crime.

124

나의 귀중한 사랑이 상황에 따라 변한다면,

그것은 운명의 여신에게서 태어난 사생아요, 아비 없는 자식이다.

시간의 사랑을 받으면, 꽃 속의 꽃으로 살아나고,

시간의 미움을 사면, 잡초와 함께 쓰레기로 제거된다.

내 사랑은 우연의 힘이 미치지 못하는 곳에서 태어났다.

내 사랑은 화사한 어떤 일에도 물들지 않고,

억눌린 폭거에도 굴복하지 않았다.

이들 양단 간에 빠지는 일은 오늘날 추세이다.

단기 차용 계약 사랑의 경우는 편리하지만

그런 이단의 손길을 피하면서,

나는 현명한 처신으로 혼자서 버티며 살아간다.

더위에 번식도 않고, 폭우에 젖지도 않는다.

　　그 증인으로, 나는 시간의 꼭두각시들을 소환한다.

　　그들은 죄를 짓고 살다가, 죄를 참회하고 죽어간다.

Pieter Brueghel the Elder, *The Hunters in the Snow*, 1565, Kunsthistorisches Museum, Vienna

Were't aught to me I bore the canopy,
With my extern the outward honoring,
Or laid great bases for eternity,
Which proves more short than waste or ruining?
Have I not seen dwellers on form and favor
Lose all and more by paying too much rent,
For compound sweet forgoing simple savor,
Pitiful thrivers, in their gazing spent?
No, let me be obsequious in thy heart,
And take thou my oblation, poor but free,
Which is not mixed with seconds, knows no art
But mutual render only me for thee.
    Hence, thou suborned informer, a true soul
    When most impeached stands least in thy control.

125

내가 덮개를 받쳐들고 무슨 이득 있어요?

겉으로만 당신을 숭배한다고 하면서,

영원한 명성을 위해 초석(礎石)을 둔다고 비난하는데,

그 때문에 내 인생 단축되고 소모되어 망했는데

형식과 겉모습 탐하는 사람들 나는 보았지요.

큰돈 헛되이 쏟아붓고 빈털터리 되고도,

혼합물 달콤한 향수에 취해 담백한 향내를 잊은 사람들,

가련하게도 성공한 부자들은 허식을 찾다 망했는데,

나는 다릅니다. 나는 당신의 마음을 순종합니다.

보잘것없는 이 몸이지만 순수한 마음을 당신에게 바칩니다.

부정한 것이 섞이지 않고 가식(假飾) 없는

나의 일편단심을 당신에게 바칩니다.

　　꺼져라, 너희들 썩은 밀고자(密告者)들아, 진실한 영혼은

　　가혹한 탄핵을 받아도 너희들 지배를 받지 않는다.

Paul Cézanne, Stilleben, *Draperie, Krug und Obstschale*, 1893–94, Whitney Museum of American Art, New Yo

O thou, my lovely boy, who in thy power
Dost hold Time's fickle glass, his sickle, hour,
Who has by wanning grown, and therein show'st
Thy lover's withering as thy sweet self grow'st
If Nature, sovereign mistress over wrack,
As thou goest onwards still will pluck thee back,
She keeps thee for this purpose, that her skill.
May Time disgrace, and wretched minutes kill.
Yet fear her, O thou minion of her pleasure!
She may detain, but not still keep, her treasure.
Her audit, though delayed, answered must be,
And her quietus is to render thee.

126

아, 나의 사랑스런 젊은이여, 그대의 손에는

변덕스런 시간의 거울, 낫, 모래시계가 있습니다.

당신은 갈수록 더 아름다워지는데,

당신이 사랑하는 사람은 점점 더 노쇠하고 있습니다.

자연의 여신은 파멸을 관장하는 여왕인데,

당신이 앞으로 나가면, 뒤로 끌어들이고 있습니다.

자신의 품속으로 잡아당기는 것은 자신의 기량으로

시간을 모욕하고, 분초의 시간을 무력화하기 위해서입니다.

하지만 자연을 두려워하세요. 자연의 여신의 총아여!

여신은 그의 보물을 억류할 수 있어도, 영원히 소유할 수 없습니다.

자연이 시간에 지불하는 결산은 지체되어도 결국 지불돼야 합니다.

그 지불은 당신을 돌려주는 일입니다.

John Singer Sargent, *Madame X*, 1883–84, Metropolitan Museum of Art, Manhattan

In the old age, black was not counted fair,
Or, if it were, it bore not beauty's name;
But now is black beauty's successive heir,
And beauty slandered with a bastard shame.
For since each hand hath put on nature's power,
Faring the foul with art's false borrowed face,
Sweet beauty hath no name, no holy bower,
But is profaned, if not lives in disgrace.
Therefore my mistress' eyes are raven black,
Her eyes so suited, and they mourners seem
At such who, not born fair, no beauty lack,
Sland'ring creation with a false esteem.
    Yet so they mourn, becoming of their woe,
    That every tongue says beauty should look so.

127

옛날 사람은 검정색을 아름답다고 생각지 않았다.

아름다워도 아름답다는 이름을 달지 않았다.

지금은 검정색이 미(美)의 올바른 후계자가 되었다.

그동안의 미는 사생아의 누명을 쓰고 있었다.

그렇게 된 것은 사람들이 자연의 힘을 빌려,

인공적인 가면으로 추(醜)를 미로 바꿨기 때문이다.

이 때문에 흰색은 명성을 잃고, 성역에서 쫓겨나,

치욕적인 삶은 아니지만, 저속(低俗)으로 타락했다.

그래서 나의 애인은 눈이 까마귀처럼

검은색이 되었다. 검은 눈은

타고난 것이 아니었지만, 인공으로 장식되어,

자연의 미 창조 훼손을 개탄하고 있는 듯하다.

    그들의 눈이 슬픔에 젖어 너무나 아름답기에,

    사람들은 모두들 검정색은 아름답다고 말한다.

John William Waterhouse, *La Belle Dame sans Merci*, 1893, Hessisches Landesmuseum Darmstadt, Darmstadt

How oft, when thou, my music, music play'st
Upon that blessed wood whose motion sounds
With thy sweet fingers when thou gently sway'st
The wiry concord that mine ear confounds,
Do I envy those jacks that nimble leap
To kiss the tender inward of thy hand,
Whilst my poor lips, which should that harvest reap,
At the wood's boldness by thee blushing stand.
To be so tickled they would change their state
And situation with those dancing chips,
O'er whom thy fingers walk with gentle gait,
Making dead wood more blest than living lips.
　　Since saucy jacks so happy are in this,
　　Give them thy fingers, me thy lips to kiss.

128

나의 음악, 그대여, 그대가 음악을 연주하면,

축복받은 건반이 손가락 움직임에 반응해서

아름다운 소리를 내고, 그대의 손으로 조종된

소리의 조화(調和)가 내 귀를 놀라게 하는데,

그대의 보드라운 손 안쪽에 키스하느라

요동치는 나무토막을 나는 얼마나 부러워했는지.

그 은혜를 받게 된 나의 가련한 입술은 나무토막의

대담성에 스스로 얼굴이 붉어져서 서 있을 뿐이다.

그런 사랑의 애무를 받을 수 있다면, 나의 입술은

춤추는 건반과 기쁘게 서로의 입장을 바꿀 수 있다.

그대의 손가락은 사뿐히 거닐면서 죽은 나무토막에

생명을 쏟고, 입술보다 더 큰 축복을 안겨주고 있다.

　뻔뻔스런 건반은 그것으로도 충분히 만족하고 있으니,

　그들은 당신의 손가락에, 당신은 나의 입술에 키스를 해다오.

Pieter Aertsen, *The Egg Dance*, 1552, Rijksmuseum Amsterdam, Amsterdam

Th' expense of spirit in a waste of shame
Is lust in action; and, till action, lust
Is perjured, murd'rous, bloody, full of blame,
Savage, extreme, rude, cruel, not to trust;
Enjoyed no sooner but despised straight;
Past reason hunted, and no sooner had,
Past reason hated as a swallowed bait
On purpose laid to make the taker mad,
Mad in pursuit and in possession so;
Had, having, and in quest to have, extreme;
A bliss in proof and proved a very woe;
Before, a joy proposed; behind, a dream.
    All this the world well knows, yet none knows well
    To shun the heaven that leads men to this hell.

129

방탕한 정욕은 그 행위 자체가 부끄러운 일이요,

정신을 낭비하는 일이며, 정욕을 섬기는 행위는

위선, 살인, 살벌, 악의, 야만, 과격, 조잡,

잔인 등이며, 믿을 만한 것은 하나도 없다.

사람들은 이것을 즐기지만, 곧 경멸하게 되고,

이성을 잃고 추구하지만, 손에 넣는 즉시

이성을 잃고 증오하며, 사람을 미치게 만들기

위해 만든 독즙을 마신 것처럼 행동한다.

추구하는 일도 미친 짓이요, 손에 넣어도 미친 짓이다.

행위 전이나, 과정이나, 그리고 후에도 정도(正道)를 벗어나 극단에

흐르고, 체험 중에는 만복이지만, 체험 후는 비탄이다.

일하기 전에는 기쁨이요, 지나고 나면 일장춘몽이다.

　이 모든 것을 사람들은 알고 있다. 지옥으로 가는데

　천당처럼 보이는 길을 사람들은 피할 줄 모르고 간다.

Johannes Vermeer, *The Girl with a Red Hat*, c.1665-66, National Gallery of Art, Washington

My mistress' eyes are nothing like the sun;
Coral is far more red than her lips' red;
If snow be white, why then her breasts are dun;
If hairs be wires, black wires grow on her head.
I have seen roses damasked, red and white,
But no such roses see I in her cheeks;
And in some perfumes is there more delight
Than in the breath that from my mistress reeks.
I love to hear her speak, yet well I know
That music hath a far more pleasing sound.
I grant I never saw a goddess go;
My mistress, when she walks, treads on the ground.
　　And yet, by heaven, I think my love as rare
　　As any she belied wth false compare.

130

내 연인의 눈은 태양 같지 않다.

그녀의 입술보다 산호가 더욱 붉다.

눈(雪)이 하얗다면 그녀의 가슴은 암갈색이다.

금실 머리칼에 비하면, 그녀의 머리는 흑사(黑絲)다.

장미라면 붉고 하얀 꽃이 섞인 것을 본 적이 있다.

그러나 여인의 뺨에서 나는 그런 장미를 본 적이 없다.

향기로운 냄새를 풍기는 향수가 있는데,

연인의 입김은 그 향기를 당할 수 없다.

그녀가 말하는 소리를 좋아하지만,

언어에는 그보다 더 좋은 음악이 있다.

나는 연인이 걷는 모습을 본 적이 없다.

내 연인은 언제나 땅을 짓밟으며 간다.

 하지만 나는 맹세코 말할 수 있다. 내 연인은 이토록

 허황된 비유로 장식된 어떤 여인보다도 더 아름답다.

Vilhelm Hammershøi, *Interior with Young Woman from Behind*, 1904, Randers Museum of Art, Randers

Thou art as tyrannous, so as thou art,

As those whose beauties proudly make them cruel;

For well thou know'st to my dear doting heart

Thou art the fairest and most precious jewel.

Yet in good faith some say that thee behold,

Thy face hath not the power to make love groan;

To say they err I dare not be so bold,

Although I swear it to myself alone.

And, to be sure that is not false I swear,

A thousand groans, but thinking on thy face,

One on another's neck do witness bear

Thy black is fairest in my judgment's place.

    In nothing art thou black save in thy deeds,

    And thence this slander as I think proceeds.

131

검은 여인인 그대가 폭군처럼 행동하는 것은,

미모를 내세우며 잔혹해지는 다른 여인과 같다.

그대는 잘 알고 있겠지만, 사랑에 홀린 나에게

그대는 더없이 아름답고 귀중한 보석이다.

그러나 솔직히 말해서 그대를 본 사람들은,

얼굴에 연인을 감탄케 하는 힘이 없다고 한다.

그들의 말이 틀렸다고 말할 용기는 나에게 없다.

다만 내 마음속 깊이에서 나는 홀로 다짐한다.

확실히 나의 맹세는 거짓이 아니라고 말이다.

그대 얼굴을 생각하면 수천 번의 탄성이 나온다.

내 마음의 법정에서 나는 그대의 검은 아름다움이

이 세상 최고의 미(美)라고 번갈아 증언할 수 있다.

　　그대의 행동은 검은 미인의 표징(表徵)이 되는데,

　　그대를 헐뜯는 이유는 바로 이 때문이라고 생각한다.

Francesco Hayez, *The Kiss*, 1859, Pinacoteca di Brera, Milan

Thine eyes I love, and they, as pitying me,
Knowing they heart torment me with disdain,
Have put on black, and loving mourners be,
Looking with pretty ruth upon my pain.
And truly not the morning sun of heaven
Better becomes the gray cheeks of the east,
Nor that full star that ushers in the even
Doth half that glory to the sober west
As those two mourning eyes become thy face.
O, let it then as well beseem thy heart
To mourn for me, since mourning doth thee grace,
And suit thy pity like in every part.
   Then will I swear beauty herself is black,
   And all they foul that thy complexion lack.

132

당신의 눈을 사랑합니다. 당신의 눈이

내 마음을 괴롭힌다고 연민의 정을 나타내면서,

나를 가엽게 여겨 당신은 검은 상복으로 사랑을 표시하며,

애틋한 정으로 나의 고민을 바라보고 있습니다.

하늘로 향해 치솟는 아침 태양은

동쪽 하늘 회색빛 뺨에 있는 것이 바람직하고,

저녁 하늘 샛별은

서쪽 으스름 하늘이 어울리는데,

이 모든 것도 상복이 어울리는 슬픈 두 눈이

당신 얼굴에 어울리는 것과는 비교가 되지 않습니다.

상복이 어울리는 당신의 동정 어린 마음도,

다른 부분과 함께 나를 위해 슬퍼해주세요.

　　미의 여신은 검다고 나는 말하겠습니다. 그대의 검은 얼굴색을

　　닮지 않은 것은 모두가 추하다고 맹세코 나는 말하겠습니다.

Jean Béraud, *Waiting, Paris, Rue de Chateaubriand*, c.1900, Musée d'Orsay, Paris

Beshrew that heart that makes my heart to groan
For that deep wound it gives my friend and me,
Is 't not enough to torture me alone,
But slave to slavery my sweet'st friend must be?
Me from myself thy cruel eye hath taken,
And my next self thou harder hast engrossed;
Of him, myself, and thee I am forsaken,
A torment thrice threefold thus to be crossed.
Prison my heart in thy steel bosom's ward,
But then my friend's heart let my poor heart bail,
Whoe'er keeps me, let my heart be his guard;
Thou canst not then use rigor in my jail.
    And yet thou wilt, for I, being pent in thee,
    Perforce am thine, and all that is in me.

133

나와 나의 친구들에게 안긴 아픔 때문에,

나를 몹시 고통스럽게 만든 당신은 저주를 받아야 한다.

나 혼자 그 아픔을 받아들이면 안 된단 말인가.

나의 다정한 친구까지 노예로 만들어야 하는가?

당신의 눈은 무자비하게 나 자신을 나로부터 빼앗아갔다.

다음으로 나 자신과 같은 내 친구를 괴롭혔다.

나와 내 친구는 당신으로부터 버림받았다.

삼중의 고통이 세 배로 늘어났다.

내 마음을 당신의 강철 같은 가슴속에 묻어두어도 좋으니,

내 친구의 마음은 나에게로 풀어주기 바란다.

누가 나를 수감하더라도, 내 마음은 그의 간수이다.

그곳은 당신의 가혹한 통제가 먹히지 않는 공간이다.

    하지만 내가 당신에게 갇혀 있으면, 나의 모든 것이

    당신의 것인 이상 아무 소용이 없다.

Claude Monet, *Argenteuil*, c.1872, National Gallery, Washington

So, now I have confessed that he is thine
And I myself am mortgaged to thy will,
Myself I'll forfeit so that other mine
Thou wilt restore to be my comfort still.
But thou wilt not, nor he will not be free,
For thou art covetous, and he is kind;
He learned but surety-like to write for me
Under that bond that him as fast doth bind.
The statute of thy beauty thou wilt take,
Thou usurer that put'st forth all to use,
And sue a friend came debtor for my sake;
So him I lose through my unkind abuse.
    Him have I lost; thou hast both him and me.
    He pays the whole, and yet am I not free.

134

나는 내 친구가 당신의 것이라고 인정했고,

내 자신도 당신이 마음대로 할 수 있다고 했으니,

나 자신을 당신에게 바치나니, 나의 분신인 내 친구를

나의 위안이 되도록 나에게 돌려주기 바랍니다.

당신은 거부할 터이니 내 친구의 자유는 없습니다.

당신은 욕심이 많지만, 그는 정이 두텁습니다.

그는 자신을 구속하는 계약에 나를 위해

보증인으로 서명하는 그런 사람입니다.

이자놀이하는 고리대금업자인 당신이여,

미모에 지불하는 재산을 손에 넣기 위해,

당신은 나 대신 채무자가 된 친구의 권리를 행사코자 합니다.

나의 잘못으로 나는 친구를 잃게 되었습니다.

　　나는 친구를 잃고, 당신은 나와 그를 얻었습니다.

　　그는 부채를 다 갚았고, 나는 여전히 자유롭지 못합니다.

Berthe Morisot, *The Mother and Sister of the Artist*, 1869/1870, National Gallery, Washington

Whoever hath her wish, thou hast thy Will,
And Will to boot, and Will I overplus.
More than enough am I that vex thee still,
To thy sweet Will making addition thus.
Wilt thou, whose Will is large and spacious,
Not once vouchsafe to hide my Will in thine?
Shall Will in others seem right gracious,
And in my Will no fair acceptance shine?
The sea, all water, yet receives rain still,
And in abundance addeth to his store;
So thou, being rich in Will, add to thy Will
One Will of mine to make thy large Will more.
    Let no unkind, no fair beseechers kill.
    Think all but one, and me in that one Will.

135

그녀의 소원이 무엇이든, 그녀는 '윌'*을 손에 넣었다.

그녀는 두 번째 '윌'을, 그리고 세 번째 '윌'도 차지했다.

언제나 그녀를 괴롭히던 나는 그녀의 '윌' 목록에

여분으로 또 하나의 '윌'도 추가했다.

그녀의 '윌'은 크고 넓으니 한 번만 더

나의 '윌'을 그 속에 넣어서 담뿍 싸다오.

다른 '윌'은 그녀의 은혜를 입고 만족하고 있다.

나의 '윌'도 신바람 나게 그 속에 포함시켜다오.

바다는 온통 물이지만, 여전히 비는 오고 있다.

재화는 점점 불어나고 재물은 넘치고 넘친다.

그대여, 넘치는 '윌'이지만, 그대의 '윌' 속에

나의 '윌'을 추가해서 그대의 '윌'을 더 크게 늘려라.

　　무정하게 거절하며 나의 탄원을 말살하지 마라.

　　모든 것은 하나라 생각해서, 나를 하나의 '윌'로 받아라.

---

* 영국 속담에 "Women will have their wills"(여자들은 자신의 '윌'을 갖고 있다)라는 말이 있다. 'Will'은 여러 가지 뜻으로 해석 가능하다. 성서적으로 초인간적인 하느님의 의지를 의미하기도 하고, 인간의 의지를 의미하기도 한다. 남녀의 성기를 의미하기도 하고, 시인의 이름인 William의 약칭일 수도 있다. 셰익스피어는 네 가지 의미의 수수께끼를 내고 해답을 찾는 단어놀이를 독자와 관객에게 제기하고 있는 듯하다. 'Will'은 결국 셰익스피어 자신을 지칭하고 있다는 게 역자의 해석이다.

Adolph von Menzel, *The Balcony Room*, 1845, Alte Nationalgalerie, Berlin

If thy soul check thee that I come so near,
Swear to thy blind soul that I was thy Will,
And Will, thy soul knows, is admitted there,
Thus far for love my love–suit, sweet, fulfill.
Will will fulfill the treasure of thy love,
Ay, fill it full with Wills, and my Will one.
In things of great receipt with ease we prove
Among a number one is reckoned none.
Then in the number let me pass untold,
Though in thy store's account I one must be.
For nothing hold me, so it please thee hold
That nothing me, a something, sweet, to thee.
   Making but my name thy love, and love that still,
   And then thou lovest me, for my name is Will.

136

내가 너무 가까이 왔다고 그대 마음이 나무란다면,

보이지 않는 마음에 맹세하세요, 내가 그대의 '윌'이라고.

그런 '윌'이면 그대는 마음속에 '윌'을 간직할 것입니다.

그렇게 되면, 나의 사랑, 그 소원은 수락되었습니다.

'윌'은 사랑의 보고(寶庫)를 가득 채울 것입니다.

수많은 '윌'로 가득한 보고에 나의 '윌'도 그중 하나입니다.

넓은 보고에서 수많은 재물 중 하나는

별 볼 일 없는 것으로 쉽게 입증됩니다.

그대의 재산 목록 가운데, 나도 그중 하나이지만,

수많은 재물 중 하나인 나를 가산(加算)하지 마세요.

나를 없는 것으로 생각하세요,

없는 나를 당신이 소중하게 생각해준다면 말입니다.

　　나의 이름만은 연인으로 항상 간직해주세요.

　　그것이 나를 사랑하는 법도입니다. 내 이름이 '윌'이기에.

Ramon Casas, *Plein air*, 1890–91, Museu Nacional d'Art de Catalunya, Barcelona

Thou blind fool, Love, what dost thu to mine eyes
That they behold and see not what they see?
They know what beauty is, see where it lies,
Yet what the best is take the worst to be.
If eyes, corrupt by overpartial looks,
Be anchored in the bay where all men ride,
Why of eyes' falsehood hast thou forged hooks,
Where the judgment of my heart is tied?
Why should my heart think that a several plot
Which my heart knows the wide world's common place?
Or mine eyes, seeing this, say this is not,
To put fair truth upon so foul a face?
    In things right true my heart and eyes have erred,
    And to this false plague are they now transferred.

137

눈먼 사랑의 신이여, 나의 눈에 무슨 짓을 했나요,

눈은 보고 있지만 아무것도 비치지 않고 있으니?

이 눈은 아름다움을 알고, 그것이 어디 있는지 압니다.

그런데, 가장 아름다운 것을 추한 것으로 생각합니다.

내 눈이 편견으로 오염되어,

모든 사람이 배를 타는 항구에서

눈의 착오로 가짜 미끼를 사용해서

어째서 나의 판단력을 낚아채려 합니까?

어째서 내 마음은 그곳이 넓은 공유지라고 인지하는데

자신만의 사유지라고 우기는 것입니까?

내 눈은 이것을 보면서 이것은 아니라고 하는데,

어째서 추한 얼굴에 아름다운 진실을 씌우려고 합니까?

　　내 눈과 마음은 진실을 잘못 보고,

　　거짓 병에 걸려 헤매고 있습니다.

James Tissot, *The Reception*, 1883–1885, Albright–Knox Art Gallery, Buffalo

When my love swears that she is made of truth
I do believe her though I know she lies,
That she might think me some untutored youth,
Unlearned in the world's false subtleties,
Thus vainly thinking that she thinks me young,
Although she knows my days are past the best,
Simply I credit her false-speaking tongue;
On both sides thus is simple truth suppressed.
But wherefore say she not she is unjust?
And wherefore say not I that I am old?
O, love's best habit is in seeming trust,
And age in love loves not to have years told.
　　Therefore I lie with her and she with me,
　　And in our faults by lies we flattered be.

138

내 연인이 자신은 진실밖에 모르는 존재라고 말할 때,

나는 그 말이 거짓인지 알면서 믿는다고 말을 한다.

내가 아직도 거짓말 다루는 것을 모르는 철부지라고

그녀가 생각하도록 만들기 위해서이며,

내 나이 청춘이 지났다는 것을 그녀가 알면서도,

내가 젊다는 헛된 생각을 그녀가 갖도록 만들기 위해서다.

연인의 거짓말을 서로 믿으면서,

두 사람은 서로 진실을 감추었다.

그런데, 왜, 그녀는 자신의 거짓을 고백하지 않는가?

그리고 나는 늙었다는 사실을 왜 말하지 않는가?

아, 그렇다, 연애 최고의 습관은 믿는 척하는 일이다.

나이 든 사람의 연애에는 나이 얘기가 금물이다.

　　그래서 나는 그녀에게, 그녀는 나에게 거짓말한다.

　　둘은 결점을 거짓말로 숨기면서 신나게 들떠 있다.

Sir Joshua Reynolds, *Mrs. Siddons as the Tragic Muse*, 1789, Dulwich Picture Gallery, London

O, call not me to justify the wrong
That thy unkindness lays upon my heart;
Wound me not with thine eye but with thy tongue;
Use power with power, and slay me not by art.
Tell me thou lov'st elsewhere; but in my sight,
Dear heart, forbear to glance thine eye aside.
What need'st thou wound with cunning when thy might
Is more than my o'erpressed defense can bide?
Let me excuse thee: ah, my love well knows
Her pretty looks have been mine enemies;
And therefore from my face she turns my foes,
That they elsewhere might dart their injuries.
    Yet do not so; but since I am near slain,
    Kill me outright with looks, and rid my pain.

139

당신의 무관심이 내 마음에 고통을 주는데,

나를 불러내어 당신의 죄를 변명하지 마세요.

나를 괴롭히려면 눈으로 하지 말고 혀로 하세요.

힘으로 하는 것은 좋으나, 잔꾀는 부리지 마세요.

다른 남자를 사랑한다고 말하는 것은 좋으나,

연인이여, 내 앞에서 다른 남자 곁눈질은 마세요.

당신의 힘은 나의 방어력보다 강력한데,

이 손 저 손 다 쓰는 간교함은 부리지 마세요.

당신에게 할 수 있는 변명은 이렇습니다.

나의 연인의 아름다운 눈짓이 나의 적인 것을

그녀는 잘 알고 있기 때문에, 내 얼굴에서 그것을 멀리하고,

다른 남자를 향해 필사적으로 그 화살을 겨누고 있다고.

　제발, 그러지 마세요. 나는 빈사 상태입니다.

　눈으로 즉시 나를 죽이고, 내 고통을 덜어주세요.

Pierre-Auguste Renoir, *The Walk*, 1870, Getty Center, Los Angeles

Be wise as thou art cruel; do not press
My tongue-tied patience with too much disdain,
Lest sorrow lend me words, and words express
The manner of my pity-wanting pain.
If I might teach thee wit, better it were,
Though not to love, yet, love, to tell me so,
As testy sick men, when their deaths be near,
No news but health from their physicians know,
For if I should despair, I should grow mad,
And in my madness might speak ill of thee.
Now this ill-wresting world is grown so bad,
Mad slanderers by mad ears believed be.
    That I may not be so, nor thou belied,
    Bear thine eyes straight, though thy proud heart go wide.

140

그대는 잔인하지만, 현명해지기를 바랍니다.

침묵하는 나의 인내심이 치욕감으로 고통을 받지 않도록 하세요.

그렇지 않으면, 슬픔이 언어로 나타나고,

그 언어는 연민의 정에 목마른 나의 고통을 호소하게 됩니다.

내가 그대에게 지혜를 베풀게 된다면, 연인이여,

비록 나를 사랑하지 않아도, 나를 사랑한다고 말하게 됩니다.

성미 급한 환자가 죽음이 다가오면,

의사로부터 건강하고 괜찮다는 말만 듣고 싶어 할 것입니다.

만약에 내가 절망하면, 나는 즉시 미쳐버릴 것입니다.

미쳐버린 나는 그대를 보고 악담을 늘어놓을 것입니다.

모든 것을 나쁘게 왜곡하는 이 세상은 미친 듯 중상(中傷)하며,

미친 귀는 그것을 듣고, 믿게 됩니다.

    내 말을 믿는 그대가 중상을 받지 않기 위해

    자존심 때문에 옆길로 가더라도, 눈은 정면을 보세요.

Pierre-Paul Prud'hon, *Empress Josephine*, 1805, Louvre Museum, Paris

In faith, I do not love thee with mine eyes,
For they in thee a thousand errors note;
But 'tis my heart that loves what they despise,
Who in despite of view is pleased to dote.
Nor are mine ears with thy tongue's tune delighted,
Nor tender feeling to base touches prone,
Nor taste, nor smell, desire to be invited
To any sensual feast with thee alone.
But my five wits nor my five senses can
Dissuade one foolish heart from serving thee,
Who leaves unswayed the likeness of a man,
Thy proud hear's slave and vassal wretch to be.
 Only my plague thus far I count my gain,
 That she that makes me sin awards me pain.

141

정말이지, 나는 눈으로 당신을 사랑하지 않습니다.

왜냐하면 눈은 많은 결점을 당신 속에서 보기 때문입니다.

나의 마음은 눈이 경멸한 것을 사랑합니다.

눈은 무엇이든 보이는 것이라면 무턱대고 사랑합니다.

내 귀는 그대 목소리를 듣고 기뻐하지도 않습니다.

민감한 손끝은 당신의 피부에 닿지도 않습니다.

혀도, 코도, 당신을 맛보기 위해 당신과 함께

관능적인 향연에 동참하지 않습니다.

나의 다섯 감각과 다섯 지능도 당신을 섬기는

어리석은 마음 하나 다스리지 못합니다.

나는 지배자 없는 꼭두각시 신세를 버리고,

당신의 오만한 마음에 순종하는 노예입니다.

　　사랑의 고뇌로 얻는 유일한 이득은 나를 죄짓게 만든

　　여인이 고뇌의 벌을 나에게 주는 일입니다.

Vincent van Gogh, *The sower*, 1888, Van Gogh Museum, Amsterdam

Love is my sin, and thy dear virtue hate,
Hate of my sin, grounded on sinful loving.
O, with mine compare thou thine own state,
And thou shalt find it merits not reproving,
Or, if it do, not from those lips of thine,
That have profaned their scarlet ornaments
And sealed false bonds of love as oft as mine,
Robbed others' beds' revenues of their rents.
Be it lawful I love thee as thou lov'st those
Whom thine eyes woo as mine importune thee;
Root pity in thy heart, that when it grows,
Thy pity may deserve to pitied be.
  If thu dost seek to have what thou dost hide,
  By self–example mayst thou be denied.

142

사랑은 나의 죄악이다. 증오는 당신의 본성이다.

내 죄를 미워하는 것은 죄 많은 당신의 사랑 때문이다.

나의 입장을 당신의 입장과 비교하면,

지나치게 책망할 수 없게 될 것이다.

나를 문책해도 당신 입으로 듣고 싶지 않다.

성스런 그 붉은 입술은 이미 더럽혀졌다.

나의 입술처럼 거짓 사랑 증서에 날인하고,

타인의 침대에 들어가 수익을 새치기했다.

당신이 그들을 사랑하는 것처럼, 나도 당신을 사랑한다.

당신의 눈이 사랑을 찾듯이 나도 당신에게 사랑을 청한다.

당신의 마음에 자비심을 심어다오, 그것이 자라면

당신은 타인의 자비심을 얻을 수 있게 될 것이다.

　　당신이 숨기는 것을 사람에게 달라고 요구하면,

　　당신의 선례에 따라 당신은 거부당하게 될 것이다.

Henri de Toulouse-Lautrec, *The Bed*, 1892, Musée Marmottan Monet, Paris

Lo, as a careful huswife runs to catch
One of her feathered creatures broke away,
Sets down her babe, and makes all swift dispatch
In pursuit of the thing she would have stay,
Whilst her neglected child hold her in chase,
Cries to catch her whose busy care is bent
To follow that which flies before her face,
Not prizing her poor infant's discontent;
So runn'st thou after that which flies from thee,
Whilst I, thy babe, chase thee afar behind.
But if thou catch thy hope, turn back to me
And play the mother's part: kiss me, be kind.
   So will I pray that thou mayst have thy Will,
   If thou turn back and my loud crying still.

143

심란한 가정주부가

도망간 닭을 잡으려고 뛰쳐나갔다.

아기를 길바닥에 두고, 죽을힘을 다해

뜀박질해서 어떻게 하든 잡아보려고 한다.

한편 버려진 아기도 엄마 뒤를 쫓는다.

울면서 엄마를 붙들려고 하지만,

엄마는 달아나는 닭을 쫓느라 여념이 없어서,

가련한 아기의 불만을 돌볼 틈이 없다.

당신도 마찬가지다. 도망간 사람을 당신은 쫓고 있다.

다른 한편으로, 아기처럼 나는 당신 뒤를 쫓는다.

당신이여, 추구하는 목적이 달성되면, 나에게 돌아와요.

어머니처럼 나에게 다정한 키스를 해주세요.

　　당신이 돌아와서 나의 울음을 진정시키면,

　　당신이 '월'을 소유하도록 나는 기원할 것입니다.

Paul Cézanne, *Les Grandes Baigneuses*, 1900–06, National Gallery, London

Two loves I have, of comfort and despair,
Which like two spirit do suggest me still.
The better angel is a man right fair,
The worser spirit is a woman colored ill,
To win me soon to hell my female evil
Tempteth my better angel from my side,
And would corrupt my saint to be a devil,
Wooing his purity with the foul pride.
And whether that my angel be turned fiend
Suspect I may, yet not directly tell;
But being both from me, both to each friend,
I guess one angel in another's hell.
    Yet this shall I ne'er know, but live in doubt,
    Till my bad angel fire my good one out.

144

내게는 위안을 얻는 애인과 절망을 주는 애인, 둘 있다.

두 애인은 수호신처럼 나에게 끊임없이 속삭인다.

착한 천사는 피부가 하얀 미남이다.

악령 쪽은 피부가 검은 험상(險相)의 여인이다.

악령 쪽 여인은 나를 지옥으로 끌고 가려고 한다.

착한 천사를 내 곁에서 떼어내려는 유혹과,

음란하게 그의 순결을 건드리는 구애로,

나의 성자(聖者)를 악마로 타락시키려 한다.

천사가 악마로 변한 것이 아닌가

나는 의심하지만 확실한 것을 알 수 없다.

두 연인은 나로부터 벗어나서 서로 사이가 좋아졌는데,

남자 천사는 여자 악령의 지옥에 빠졌다고 추측한다.

　악령이 선령에게 나쁜 병을 옮겨서 그를 몰아낼 때까지,

　나는 이 일을 알지 못한 채 의심을 품고 살아갈 것이다.

Sven Richard Bergh, *After the Pose*, 1884, Malmö museum, Malmö

Those lips that Love's own hand did make
Breathed forth the sound that said "I hate"
To me that languished for her sake;
But when she saw my woeful state,
Straight in her heart did mercy come,
Chiding that tongue that ever sweet
Was used in giving gentle doom,
And taught it thus anew to greet:
"I hate" she altered with an end
That followed it as gentle day
Doth follow night, who, like a fiend,
From heaven to hell is flown away,
   "I hate" from hate away she threw,
   And saved my life, saying "not you."

145

사랑의 여신이 직접 손으로 만든 저 입술이

그녀의 사랑에 권태감을 느낀 나에게

"미워"라고 말했다.

하지만, 내가 비탄에 빠져 있는 것을 보고,

순식간에 그녀 마음에 자비심이 생겨,

부드럽고 온정에 넘친 판결을 해오던

그 입술을 엄하게 질책하게 되었다.

놀랍게도 그녀의 인사말이 달라졌다.

"미워"라는 말은 끝머리에 이르러

어두운 밤이 지나 다가오는 아침처럼

환하게 나타나서 밤은 악마처럼,

천국에서 지옥으로 도망치듯 사라졌다.

　"미워"는 증오심 없는 먼 곳에 내다 버리고,

　이렇게 나를 구출했다. "당신은 아니고요."

Georges Seurat, *A Sunday on La Grande Jatte*, 1884–86, Art Institute of Chicago, Chicago

Poor soul, the center of my sinful earth,
Pressed with these rebel powers that thee array,
Why dost thou pine within and suffer dearth,
Painting thy outward walls so costly gay?
Why so large cost, having so short a lease,
Dost thou upon thy fading mansion spend?
Shall worms, inheritors of this excess,
Eat up thy charge? Is this thy body's end?
Then, soul, live thou upon thy servant's loss,
And let that pine to aggravate thy store.
Buy terms divine in selling hours of dross;
Within be fed, without be rich no more.
    So shalt thou feed on Death, that feeds on men,
    And Death once dead, there's no more dying then.

146

몸의 반란에 제압당한 죄 많은 육체,

그 중심에 있는 가련한 영혼이여,

어째서 그대는 외부를 사치스럽게 장식하면서,

내부는 쇠약해져서 굶주림으로 고생하고 있는가?

어째서 단기간 빌리는,

노후(老朽)된 저택에 거금을 주고

지나친 투자를 상속하는 벌레들 먹이가 되는가?

그것이 당신의 육체가 감수하는 운명인가?

그러니, 영혼이여, 하인인 육체가 잃은 것으로 살고,

그를 굶주리게 해서 당신은 영혼의 재화를 늘리세요.

쓸모없는 시간을 팔고, 영원한 생명을 사세요.

외부는 굶기고, 내부를 살찌우세요.

이렇게 해서 인간을 먹는 죽음을 당신이 먹습니다.

죽음이 죽으면, 더 이상의 죽음은 없는 것입니다.

Vincent van Gogh, *Sunflowers*, 1888, Van Gogh Museum, Amsterdam

My love is as a fever, longing still
For that which longer nurseth the disease,
Feeding on that which doth preserve the ill,
Th' uncertain sickly appetite to please.
My reason, the physician to my love,
Angry that his prescriptions are not kept,
Hath left me and I desperate now approve
Desire is death, which physic did except.
Past cure I am, now reason is past care.
And, frantic-mad with evermore unrest,
My thoughts and my discourse as madmen's are,
At random from the truth vainly expressed.
    For I have sworn thee fair, and thought thee bright,
    Who art as black as hell, as dark as night.

147

나의 사랑은 열병과 같다.

병을 나쁘게 만드는 것을 갈망하고,

병을 지연시키는 음식을 들면서,

터무니없이 병적인 식욕을 충족시키고 있다.

이런 사랑을 고치는 의사는 나의 이성(理性)인데,

처방을 사용하지 않아서 화를 내고 나를 버렸다.

사력을 다해 나는 인정한다.

처방약을 거부하면, 욕망은 죽음이다.

이성을 버리면, 병은 회복될 수 없다.

나는 끊임없는 불안감으로 광란 상태이다.

나는 멋대로 진실에서 멀리 떨어지고 있기 때문에,

나의 사색과 나의 언어는 미친 사람의 것이다.

　　당신은 지옥처럼 어둡고, 한밤처럼 캄캄하지만,

　　나는 당신이 대낮처럼 밝고 아름답다고 생각한다.

Edgar Degas, *The Dance Class*, c.1874, Musée d'Orsay, Paris

O me, what eyes hath love put in my head,
Which have no correspondence with true sight!
Or if they have, where is my judgment fled,
That censures falsely what they see aright?
If that be fair whereon my false eyes dote,
What means the world to say it is not so?
If it be not, then love doth well denote
Love's eye is not so true as all men's "no."
How can it? O, how can love's eye be true,
That is so vexed with watching and with tears?
No marvel then though I mistake my veiw;
The sun itself sees not till heaven clears.
    O cunning love, with tears thou keep'st me blind,
    Lest eyes well-seeing thy foul faults should find.

148

진실과 동떨어진 광경을 보았으니,

아아, 사랑은 나에게 어떤 눈을 주었는가!

보는 눈을 주었다면, 나의 판단은 어디로 갔는가,

눈이 올바르게 보고 있었는데, 잘못 판정했다니?

부정확한 내 눈이 보고 아름답다고 한 것을,

사람들이 그렇지 않다고 말한다니 어찌된 일인가?

만일에 잘못 보았다면, 사람들이 "아니다"라고 말하는 것이 옳고

사랑이 본 진실은 거짓인 것이 입증된다.

어떻게 하면 될까? 눈물과 비탄의 괴로움을 겪은

내 눈이 어떻게 진실을 볼 수 없게 되었을까?

내가 잘못 봤다는 것이 옳다.

태양도 구름이 끼면 보이지 않는다.

　　교활한 사랑이여, 그대가 눈물로 내 눈을 흐리게 하는 것은,

　　그대의 결점을 쉽게 발견하지 못하게 하는 방책이로구나.

Amedeo Modigliani, *Jeanne Hébuterne*, 1919, Guggenheim Museum, New York

Canst thou, O cruel, say I love thee not
When I against myself with thee partake?
Do I not think on thee when I forgot
Am of myself all, tyrant, for thy sake?
Who hateth thee that I do call my friend?
On whom frown'st thou that I do fawn upon?
Nay, if thou lour'st on me, do I not spend
Revenge upon myself with present moan?
What merit do I in myself respect
That is so proud thy service to despise,
When all my best doth worship thy defect,
Commanded by the motion of thine eyes?
　　But, love, hate on, for now I know thy mind;
　　Those that can see thou lov'st, and I am blind.

149

잔혹한 여인이여, 나는 나 자신을 적으로 삼고

당신 편에 섰는데, 나를 사랑하지 않습니까?

비정한 당신이여, 나 자신을 돌보지 않고,

당신에게 정성을 바쳤는데, 내가 당신 생각 않는다고요?

당신이 미워하는 사람을 나는 친구로 삼지 않았습니다.

당신이 상을 찡그리는 사람에게 나는 아첨하지 않았습니다.

당신이 나를 보고 얼굴을 찌푸리면,

자신에게 벌을 주면서 고통을 느끼며 신음했습니다.

이 몸은 온갖 미덕을 다 발휘해서

당신에게 충성을 바쳤습니다.

나는 당신의 눈동자에 조종되어,

당신의 결점까지도 숭배하고 있습니다.

　사랑하는 당신이여, 미워하세요. 나는 당신의 심정을 알았습니다.

　당신은 눈이 밝은 사람을 좋아하는데, 나는 눈이 멀었기 때문이죠.

Pierre-Auguste Renoir, *On the Terrace*, 1881, Art Institute of Chicago, Chicago

O, from what power hast thou this powerful might
With insufficiency my heart to sway?
To make me give the lie to my true sight,
And swear that brightness doth not grace the day?
Whence hast thou this becoming of things ill,
That in the very refuse of thy deeds
There is such strength and warrantise of skill
That in my mind thy worst all best exceeds?
Who taught thee how to make me love thee more,
The more I hear and see just cause of hate?
O, though I love what others do abhor,
With others thou shouldst not abhor my state.
   If thy unworthiness raised love in me,
    More worthy I to be beloved of thee.

150

나의 결함을 포착해서 나를 완전히 지배하고 있으니,

아아, 하늘의 어떤 힘이 당신에게 그런 강한 힘을 주었습니까?

이 때문에 진실을 보는 내 눈을 거짓말쟁이라고 불렀습니다.

그리고 한낮을 밝게 장식하는 것은 빛이 아니라고 했습니다.

추악한 것을 아름답게 만들고, 사악한 행위를 탐스럽게

둔갑시키는 법을 어디서 얻어 왔습니까?

거기에는 상당한 재능의 힘이 있고 보장되어 있으니,

내 마음속에서 최악의 것이 최선의 것으로 전환되고 있습니다.

당신의 말을 듣고, 당신을 바라보면 미워할 수밖에 없는데,

당신을 사랑하게 만드는 법은 누구로부터 전수받았습니까?

아, 나는 다른 사람이 증오하는 것을 사랑하는데,

당신은 남들과 함께 나를 싫어하지 않고 있네요.

　　당신의 결함이 나의 사랑을 불러일으켰으니,

　　그만큼 나는 당신의 사랑을 받을 만합니다.

Vincent van Gogh, *The yellow house*, 1888, Van Gogh Museum, Amsterdam

Love is too young to know what conscience is;
Yet who knows not conscience is born of love?
Then, gentle cheater, urge not my amiss,
Lest guilty of my faults thy sweet self prove.
For, thou betraying me, I do betray
My nobler part to my gross body's treason.
My soul doth tell my body that he may
Triumph in love; flesh stays no farther reason,
But, rising at thy name, doth point out thee
As his triumphant prize. Proud of this pride,
He is contented thy poor drudge to be,
To stand in thy affairs, fall by thy side.
    No want of conscience hold it that I call
    Her "love," for whose dear love I rise and fall.

151

사랑은 어려서 선악의 구분을 못 한다.

그러나 양심은 사랑에서 태어난다.

그러니 점잖은 배신자여, 나의 죄를 다그치지 말라.

죄를 범한 것은 당신의 사랑 때문인 것을 몰라야 한다.

당신이 나를 배신했으니, 나도 당신을 배신했다.

나의 영혼을 비천한 육체의 반란에 넘겼다.

영혼은 육체를 향해 사랑에 승리할 것이라고 말한다.

육체는 더 이상 논란을 기다리지 않는다.

그러나 육체는 자신의 이름이 거론되는 것을 보고,

용솟음치며, 자신의 승리로 영혼을 쟁취했다고 말한다.

자만심으로 들뜬 육체는 영혼의 노예가 되어,

그 옆에서 죽겠다고 말한다.

　비록, 그녀를 "연인"이라 부르고, 그 사랑 때문에

　일어나서 죽더라도, 양심이 없다는 말 하지 말라.

Constance Marie Charpentier, *Portrait of Mademoiselle Charlotte du Val d' Ognes*, 1801,
Metropolitan Museum of Art, New York

In loving thee thou know'st I am forsworn,
But thou art twice forsworn, to me love swearing;
In act thy bed–vow broke, and new faith torn
In vowing new hate after new love bearing.
But why of two oaths' breach do I accuse thee
When I break twenty? I am perjured most,
For all my vows are oaths but to misuse thee,
And all my honest faith in thee is lost;
For I have sworn deep oaths of thy deep kindness,
Oaths of thy love, thy truth, thy constancy;
And to enlighten thee gave eyes to blindness,
Or made them swear against the thing they see.
    For I have sworn thee fair; more perjured eye,
    To swear against the truth so foul a lie.

나는 당신을 사랑했기 때문에 맹세를 지키지 않았습니다.

그러나 당신은 나를 사랑하면서 두 번 맹세를 깼습니다.

부부의 맹세를 저버린 후, 새로운 연인을 얻으며,

내가 싫어졌다고 다짐하면서 나와의 약속을 위반했는데,

두 번의 깨진 맹세를 내가 비난할 수 있을까요?

나는 스무 번이나 맹세를 위반했는데? 나는 최고의 위증(僞證)자입니다.

나의 위증은 모두 당신을 속이기 위해서였습니다.

그대와 나눈 나의 모든 맹세는 유실되었습니다.

나는 당신의 깊고 따뜻한 사랑에 대해서 맹세했습니다.

당신의 사랑, 진실, 정절에 대해서 맹세를 했습니다.

당신을 빛나게 만들기 위해 나는 진실에 눈을 감았습니다.

내 눈이 보고 있는 것과는 반대의 것에 나는 맹세를 했습니다.

　　나는 당신이 미인이라고 맹세했습니다. 진실에 반(反)하는

　　어처구니없는 거짓말을 하다니 눈은 대단한 위증자입니다.

Ignacio Zuloaga, *Portrait of Countess Mathieu de Noailles*, 1913, Museo de Bellas Artes, Bilbao

Cupid laid by his brand and fell asleep.
A maid of Dian's this advantage found,
And his love-kindling fire did quickly steep
In a cold valley-fountain of that ground,
Which borrowed from this holy fire of Love
A dateless lively heat, still to endure,
And grew a seething bath which yet men prove
Against strange maladies a sovereign cure.
But at my mistress' eye love's brand new fired,
The boy for trial needs would touch my breast;
I, sick withal, the help of bath desired
And thither hied, a sad distempered guest,
    But found no cure. The bath for my help lies
    Where Cupid got new fire-my mistress eyes.

153

사랑의 신 큐피드는 횃불을 옆에 놓고 잠이 들었다.

처녀신 다이아나를 섬기는 시녀는 이 광경을 보고

사랑의 불꽃인 횃불을 들고, 근처에 있는

차가운 계곡물에 불꽃을 던졌다.

샘은 사랑의 거룩한 불꽃이 되어 영원히

쇠퇴 않는 활력에 넘친 뜨거운 열을 받아,

끓고 넘치는 온천으로 변하고, 모두가 알고 있는

난치병 환자의 치료소가 되었다.

사랑의 신 횃불은 사랑의 눈으로 다시 타올라,

소년 신은 시험 삼아 나의 가슴을 태웠다.

그 때문에 나는 병에 쓰러져서 온천의 도움을 얻고자

다급한 병을 치료하는 요양객이 되었다.

그러나 치유의 효과는 없었다. 나에게 도움을 준 온천은

사랑의 신이 새로운 불꽃이 되어 나의 연인의 눈이 되었다.

John Everett Millais, *Mariana*, 1851, Tate Britain

The little love–god, lying once asleep,
Laid by his side his heart–inflaming brand,
Whilst many nymphs that vowed chaste life to keep
Came tripping by; but in her maiden hand
The fairest votary took up that fire,
Which many legions of true hearts had warmed;
And so the general of hot desire
Was, sleeping, by a virgin hand disarmed.
This brand she quenched in a cool well by,
Which from love's fire took heat perpetual,
Growing a bath and healthful remedy
For men diseased; but I, my mistress' thrall,
 Came there for cure, and this by that I prove,
 Love's fire heats water, water cools not love.

154

한때, 어린 사랑의 신 큐피드가 마음에

타오르는 횃불을 옆에 두고 잠에 들었다.

그곳에, 순결을 맹세하며 한평생 보낸다고

맹세한 님프들이 가벼운 걸음걸이로 지나갔다.

그 가운데서 제일 예쁜 님프가 처녀 손에

진심으로 불타는 횃불을 들고 나섰다.

불꽃같은 정열을 불태우는 어린 장군이

잠든 사이에 처녀로부터 무기를 빼앗겼다.

그녀는 횃불을 차가운 샘물에 꺼버렸다.

샘물은 신의 불꽃에서 영원한 열을 얻어,

그 결과로 샘물은 온천으로 변해서,

병든 환자들을 위한 치료소가 되었다.

　사랑의 병을 얻은 나는 알게 되었다, 사랑의 불은

　물을 뜨겁게 하고, 물은 사랑을 식히지 않는다는 것을.

작품해설

셰익스피어 소네트를 어떻게 읽을 것인가

1. 소네트 시의 전통

셰익스피어의 소네트 154편은 사랑을 주제로 삼고 있다. 그 사랑은 소네트 108에서 이렇게 표현된다.

사랑하는 임이여, 과거 하던 말을
낡았다 하지 않고, 매일, 매일, 성(聖)스런 기도로 되풀이하며,
처음으로 당신의 아름다운 이름을 찬양하던 때처럼,
당신은 나의 것, 나는 당신의 것.
이렇게 해서 영원한 사랑은 사랑의 신선함을 잃지 않고,
노령에 따라붙는 쇠약에도 끄떡 않고,
당연히 자리 잡는 주름살도 피하고,
노년을 항상 자신의 하인 삼고 있지요.
　세월은 흘러 겉모습은 변하고 사랑이 사라진 듯하지만,
　첫사랑이 눈뜬 자리는 계속 살아남는 것을 봅니다.

그 사랑은 '시간의 도전자(the defier of time)'이다. 무엇으로 "시간의 폭력(time's tyranny)"(115)에 도전하는가. 시에 의한 영구화(perpetuation)이다. 소네트 15는 그 뜻을 전하고 있다.

파괴적인 "시간"이 "쇠퇴"와 힘을 합쳐
청춘의 낮을 더러운 밤으로 변하게 한다.
당신의 사랑을 위해 나는 전력으로 "시간"과 싸워서,
시간이 탈취하는 당신의 목숨을 나는 시를 통해 부활시킨다.

서양 문학에서 연애시의 역사는 깊다. 고대 그리스의 여류 시인 사포
(Sappho, BC 630?~?)는 열렬한 사랑의 시를 남겼다. 로마 아우구스투스 시대
의 시인 호라티우스(Horatius, BC 65~8)는 술, 자연, 사랑의 시를 썼다. 같은
시대 오비디우스(Ovid, BC 43~AD 17?)는 그리스 신화를 소재로 『변신 이야
기(Metamorphoses)』(AD 7~8)를 냈다. 신들의 사랑을 받은 인간이 별, 나무, 동
물로 변신하는 내용을 담은 그의 시는 사랑의 이야기로 가득했다. 르네상
스 시대에는 헬레니즘의 전통과 중세의 성배 전설, 기사도의 로망스, 기독
교 신앙 등이 중첩되어 사랑의 시는 내용이 더욱더 풍성해졌다.

압운(押韻) 14행시 소네트는 12세기 초, 신성로마제국 황제 프리드리히
2세(1194~1250)의 시칠리아 궁전에서 시작되었다. 르네상스 시대 소네트
는 새로운 서정시로 발전되어 14세기 이탈리아에서 단테(Dante, 1265~1321)
는 그의 연인 베아트리체(Beatrice)를 사모하며 『신곡(神曲)』을 썼다. 그와 함
께 여타 시인들의 소네트 형식의 시는 유럽 여러 나라에 유입되어 16세기
유럽 시단은 뜻밖의 성수기를 맞이하게 된다. 이탈리아의 시인 프란체스
코 페트라르카(Francesco Pedrarch, 1304~1374)는 그의 연인 라우라(Laura)를 그리
며 사랑을 노래한 시집 『칸초니엘레(Canzoniere, 속세시편)』를 세상에 내놓았
다. 그 시는 아름다운 자연 풍경과 고전 신화, 그리고 이상적인 여인상 등을
표현해서 경악과 찬탄의 대상이 되었다. 중세를 벗어나서 르네상스 시대가
열리면서 세계관이 달라지고, 인간의 사랑이 여러 측면에서 조명되는 희한
한 세상에서 큐피드는 신선한 사랑의 이미지로 독자들의 감성을 자극하고
있었다.

르네상스 시대 영국의 헨리 8세 궁전에 페트라르카를 옮긴 영국의 시

인은 프랑스와 이탈리아를 방문했던 토머스 와이엇 경(Sir Thomas Wyatt, 1503?~1542)과 헨리 8세와 함께 프랑스 궁정에서 이탈리아 문학에 접했던 서리 백작(Earl of Surrey, Henry Howard, 1517~1547), 그리고 그 시대에 프랑스, 독일, 오스트리아, 이탈리아에 머물면서 문화를 교류했던 시인 필립 시드니 경(Sir Philip Sydney, 1554~1586)이었다. 그의 시 「아스트로필과 스텔라(Astrophil and Stella)」(1591)는 소네트 형식의 시로 명성을 떨쳤으며, 새뮤얼 대니얼(Samuel Daniel)의 시 「델리아(Dellia With the Complaint of Rosamond)」(1592)도 이에 가세했다. 헨리 컨스터블(Henry Constable)의 시 「다이애나(DIANA)」(1594), 마이클 드레이튼(Michael Drayton, 1563~1631), 에드먼드 스펜서(Edmund Spenser, 1552~1599) 등도 소네트 시집을 연달아 간행했다.

엘리자베스조 시대인 튜더 중반기의 영국 사회는 급변하면서 프로테스턴트 종교로 가는 과정에 있었다. 국가 융성의 신바람 나는 런던에 돌풍처럼 천재적인 셰익스피어가 나타났다. 당시 르네상스 영국인들은 그 무엇으로도 설명할 수 없는 위대한 극작가 앞에서 망연자실했다. 셰익스피어는 '영국의 호메로스'였다. 타고난 '지혜'의 본체였다. 그는 자신의 법칙을 스스로 만들어냈다. 그는 세상 모든 법칙의 예외적 존재였다. 그가 소네트를 발표하더니, 1590년 한 해 동안에 1,200편의 소네트가 인쇄되어 유포되면서 1950년대 초기와 중기에 소네트는 영국 시단의 대세가 되었다. 1598년, 셰익스피어의 소네트 원고의 존재를 알린 것은 목사 프랜시스 메레스(Francis Meres)였다. 그의 책 『Palladis Tamia』에서 "친구들 간에 셰익스피어의 소네트가 읽히고 있다"는 사실이 언급되었다. 이듬해 인쇄된 『열렬한 순례(Passionate Pilgrim)』(1599)는 당대 시인들의 사화집(詞華集)인데, 그 속에 셰익스피어의 시가 다섯 편 수록되었고, 두 편(소네트 138, 144)은 1609년판 『셰익스피어 소네트』 시집에 재수록되었으며, 나머지 세 편은 〈사랑의 헛수고(Love's Labour's Lost)〉(1594~1695) 4막에서 인용한 것이었다.

셰익스피어의 소네트는 1인칭 목소리로 시인의 정감 어린 사랑의 심정을 우정 어린 편지로 젊은이에게 전달하며 단연 돋보였다. 전편에 짙게 표현된 좌절과 승리의 인간관계는 '검은 여인'과 '경쟁 시인'이 등장하면서 소네트의 플롯은 도입과 전개와 위기를 지나 용서와 화해로 종결된다.

1597년 이후 소네트의 열기가 식으면서 시집 출간은 뜸해지고, 셰익스피어는 희곡 창작에 열중하게 되었다.

2. 셰익스피어 소네트의 창작과 출판

시집 『셰익스피어 소네트』는 1609년 출판업자 토머스 소프(Thomas Thorpe)에 의해 출판되었다. 이 책은 저자의 인증이 없었다. 셰익스피어의 헌사도 없이 출판인이 "Mr. W.H."에게 바친다는 말만 적혀 있다.

셰익스피어의 소네트 창작은 1592년에서 1594, 95년으로 추정된다. 런던에 전염병이 유행해서 극장 문을 닫았던 시기가 1592년과 그 이듬해였다. 〈비너스와 아도니스〉(1593)와 〈루크리스의 겁탈〉(1594)이 발표된 시기와도 맞물리고 있다. 1593년과 1596년 사이에 썼다는 설도 있다. 소네트 107은 1603년에 쓴 것이라고 생각된다. 그 이유는 1603년 엘리자베스 여왕이 사망하고, 제임스 1세가 즉위했기 때문이다. 그 내용이 이 시에 암시되어 있다. 셰익스피어 친구들 사이에서 시집 원고가 사적으로 회람(回覽)되었다는 사실이 메레스 목사의 간행물(1598년 10월)에서 알려지고, 소네트 104는 셰익스피어가 그의 친구를 만나서 3년이 지났음을 언급하고 있는데, 이 내용도 창작 연도를 결정하는 데 참고가 된다.

셰익스피어의 소네트는 끊임없는 찬탄과 풀리지 않는 의문으로 논란의 대상이 되고 있다. 언제 집필되었는가? 누구에게 헌정되는가? 자서전인가 상상적인 허구인가? 셰익스피어는 동성애를 하고 있는가? '검은 여인'은 누구인가? 셰익스피어의 연인인가? 소네트에서 언급된 '경쟁 시인'은 누구인가? 헌사의 대상으로 꼽을 수 있는 인물은 셰익스피어가 〈비너스와 아도니스〉와 〈루크리스의 겁탈〉을 헌정한 사우댐턴 백작인가?

사우댐턴 백작은 1593년 20세의 젊은이요, 그의 두문자(頭文字)는

W.H.가 아니라 H.W.였다. 『셰익스피어 소네트』(1964, 1973, 1984)의 저자인 로즈(A.L. Rowse)는 서론에서 Mr. W.H.는 고관대작이 아니라고 주장했다. 그 이유로 귀족을 호칭할 때는 이름 앞에 'Mr.'를 붙이지 않는다고 했다. Mr.는 knight(훈작사, 기사)를 호칭할 때 쓸 수 있는데, 아마도 사우댐프턴 백작 측근 가운데서 원고를 입수한 출판인의 친구일 것이라는 추측이다. Mr. W.H.는 셰익스피어가 시에서 언급한 '젊은이'가 아니라고 로즈는 주장한다. 사우댐프턴 백작의 모친은 윌리엄 하베이 경(Sir William Harvey)과 세 번째 혼례를 올렸다. 1607년 모친 사망 후, 전 재산이 사우댐프턴에게 유증(遺贈)되었다. 1608년 사우댐프턴 백작은 코델리아 아네슬리(Cordelia Annesley)와 결혼했다.

헌사의 대상으로 떠오른 또 다른 인물인 윌리엄 허버트(William Herbert)는 셰익스피어의 동료들이 1623년 발간한 『셰익스피어 전집』을 헌정한 펨브로크 백작(Earl of Pembroke)이다. 헨리 윌로비(Henry Willobie)도 물망에 올라 있다. 그는 1594년 시집을 출간하고, "절친한 친구 윌리엄 셰익스피어"를 언급하고 있으니 W.H.는 그를 가리킨다고 주장하는 학자도 있다.

3. 경쟁 시인들

당시 셰익스피어와 겨루던 '경쟁 시인'들은 조지 채프먼(George Chapman), 대니얼(Samuel Daniel), 드레이튼(Michael Drayton), 반스(Barnabe Barnes) 등이다. 로즈는 크리스토퍼 말로(Christopher Marlowe, 1564~1593)를 꼽고 있다. 그는 사우댐프턴 백작의 후원을 기대하는 셰익스피어의 적수였다. 이 일에는 말로가 셰익스피어를 앞질렀다. 그와의 경쟁 문제가 소네트 78, 86에 나타나 있다. 말로는 빈곤한 가정에서 태어나 파커 대주교의 장학금으로 케임브리지대학교에 입학해서 목사직을 꿈꾸던 야심찬 청년이었다. 셰익스피어는 부친이 사업에 성공해서 시장(alderman)을 역임했으나 후에 사업 실패로 몰락한 가정 출신으로 간신히 초등교육을 마친 가난뱅이 청년이었다. 말로는 독신이었다. 셰익스피어보다 두 달 먼저 태어난 말로가 한발 앞서서 명작 『탬벌린 대왕(Tamburlaine the Great)』으로 이름을 날렸다. 당시에는 말로의 작품이 셰익스피어보다 더 인기가 있었다. 이들은 극작가로서 동등한 사이가 아니라 격차가 났기 때문에 셰익스피어는 분통이 터졌을 것이다. 그런데 갑자기 말로가 사라졌다. 1593년 5월 31일, 뎁퍼드(Deptford)라는 술집에서 싸움 끝에 그는 사망했다. 소네트 86은 셰익스피어의 조사(弔辭)이다. 말로의 미완성 작품 〈헤로와 레안더(Hero and Leander)〉는 셰익스피어의 〈비너스와 아도니스〉와 경합하고 있었는데, 사우댐프턴 백작을 찬양한 아도니스는 레안더이기도 했다.

4. '검은 여인'은 누구인가?

시 후반부에 나오는 '검은 여인(Dark Lady)'은 1601년 펨브로크 백작의 아이를 회임한 궁전 시녀 메리 피튼(Mary Fitton)이라는 설이 있지만, 검은 여인의 실체는 에밀리아 레이니어(Emilia Lanier)로 알려져 있다. 1592년, 그녀는 23세요, 사우댐프턴 백작은 19세였다. 그녀는 성적으로 조숙하고, 오만하며, 강인한 성격을 지니고 있었다. 변덕스럽고, 신경질적이며 일관성이 없었다. 그녀는 장시(長詩)를 써서 책으로 펴냈다. 당시에는 메리 시드니(Mary Sidney) 다음가는 명성을 누렸다. 그녀는 타고난 시인이었다. 성서와 고전문학에 관한 해박한 지식을 지니고 있었다. 에밀리아는 당당히 자신의 의견을 발표하는 당대의 페미니스트였다. 콜리지(Samuel Taylor Coleridge)도 그의 『셰익스피어 비평론』에서 언급했던 것처럼 엘리자베스조 시대 여성은 교육과 사회활동에 있어서 남성에 비해 극심한 차별을 겪고 격하되었다. 당시 그녀의 활동은 오늘날의 여성해방운동가를 연상시킨다. 그녀는 당대 어떤 여성도 따라갈 수 없는 지성과 학력을 지니고 있었다. 『에밀리아 레이니어 시집』은 희귀본으로서 전 세계에 현재 여섯 권 남아 있다. 세 권은 영국에, 세 권은 미국에 있다. 왜 그녀의 시집이 세상에 알려지지 않고 매몰되었는지 그 이유를 알 수 없다. 소프의 『셰익스피어 소네트 시집』도 수백 년 동안 침묵을 지키며 지하에 묻혀 있었다. 셰익스피어는 당대 유명 작가임에도 불구하고 그렇게 된 사정을 우리는 알 수 없다. 셰익스피어도, 사우댐프턴 백작도, 에밀리아도 그들의 얽히고설킨 내밀한 사랑을 세상에 알리고 싶지 않았을 것이라는 추측은 할 수 있다. 저명한 셰익스피어 학자 도버 윌슨(J. Dover Wilson)은 젊은이들의 수치스런 행위를 보여주는 이 시집은 쉽게 공개될 수 없는 "은밀하고도 사적인 소네트"라고 단정했다.

셰익스피어는 검은 여인을 소네트 127과 152에서 소재로 삼고 있다. 소네트 34에서는 사우댐프턴 백작이 결혼을 기피하면서도 유독 검은 여인에 끌리는 미묘한 상황을 전하고 있다. 소네트 35에서는 "나로부터 내 것을 사정없이 훔쳐 가는 사랑스런 도적인" '젊은이'에게 시인은 고통스럽고도 무서운 메시지를 보내고 있다. 그의 혹독한 책망에 '젊은이'는 눈물을 흘리며 후회하고 우정을 다짐한다. 시인은 검은 여인을 "악의 여인"(소네트 144)이라고 일갈했다. 사우댐프턴 백작의 서클에 속하는 그 여인의 사회적 위상은 높았지만 성격은 자유롭고 분망(奔忙)했다. 이른바 〈사랑의 헛수고〉의 로잘라인(Rosaline)에 어울리는 인물이다. 사우댐프턴 백작은 작중의 퍼디난드 왕 역할이 맞고, 셰익스피어는 베론(Berowne)이 적격이다.

5. 소네트의 전기적 요소

갖가지 의문에도 불구하고, 셰익스피어 소네트의 서정적 아름다움과 우아한 리듬, 황홀한 시어의 의미, 기발한 착상과 무한한 상상력, 독창적인 구조와 표현양식은 전 세계 독자들을 400년 넘는 동안 매료하고 감동시키고 있다. 그의 시가 불러일으키는 도덕적이고 미학적 명상은 그 시대 다른 시와는 비교될 수 없는 깊이와 정교함을 지니고 있다. 오스카 제임스 켐벨(Oscar James Campbell)과 에드워드 퀸(Edward G. Quinn)이 공동 편집한 『셰익스피어 백과사전(Shakespeare Encyclopaedia)』(1974)에서는 소네트 시집에 대해서 이렇게 말했다.

시간의 정복은 로마 시대에는 전승(戰勝)을 의미했지만, 페트라르카에 이르러 그 의미는 죽음, 명성, 시간, 생의 종말, 영원성 등의 주제로 바뀌었다. 셰익스피어는 이 가운데서 시간이 주는 '변화'의 비극적 결말을 상상하며 '시간'의 정복을 주제로 다루었다.

조지 찰머스(George Chalmers)는 『*A Supplemental Apology for the Believers in the Shakespeare-papers*』(1799)에서 말했다.

그의 창조적 노력으로, 시인 스펜서가 전력을 기울여 같은 분야에서 이룩한 업적에도 불구하고 셰익스피어는 시인의 진정하고 위대한 가치에 있어서 눈부신 경쟁자로부터 승리를 쟁취하고 있는 듯하다. 셰익스피어는 수많은 명문구의 구절과 우아한 시행(詩行)으로 돋보이고 있다.

새뮤얼 테일러 콜리지(Samuel Taylor Coleridge)는 『*A Supplemental Apology for the Believers in the Shakespeare-papers*』(1799)에서 적절한 평을 내렸다.

셰익스피어의 소네트는 사랑에 깊이 빠진 인간, 여성을 사랑한 인간에서 나온 시다.

바렛 웬델(Barrett Wendell)은 『*Elizabethan Lterature*』(1894)에서 특이한 해석을 하고 있다.

소네트는 셰익스피어의 희곡에 접한 사람들에게는 전혀 다른 셰익스피어의 인간상을 깨닫게 해준다. 비록 그의 시는 그의 인생에 관한 사실을 전하지 못하고 있더라도, 소네트는 시인의 내면적 진실에 관해서 많은 것을 시사하고 있다. 예술적 기질이나 기교를 지니지 않고서는 이런 시를 쓰지 못할 것이다. 고뇌에 대한 지식이 없이는 이런 정감이나 열정을 표현할 수 없을 것이다. 정신적 고뇌의 깊이를 알 수 있었기에 셰익스피어는 소네트를 쓸 수 있었다. 희곡에서 보인 셰익스피어와는 전혀 다른 셰익스피어를 소네트는 보여주고 있다.

베네데토 크로체(Benedetto Croce)는 『*Ariosoto, Shakespeare and Corneille*』 (1920)에서 셰익스피어의 전기적 미스테리를 언급하고 있다.

셰익스피어는 시인이 되기를 포기하지 않는다. 왜냐하면 그는 결코 자신을 벗어나지 않기 때문이다. 시 곳곳에 사상을 담고, 감정의 형상을 뿜어대고 있다. 그는 자신의 특이한 조화, 너무나 섬세하고 심원한 영혼의 움직임을 보여주고 있다. 이런 것이 소네트에 대해서 전기적 미스테리를 부착시키고 있다. 그의 소네트에는 숨겨진 도덕률과 철학적 감각이 있다. 소네트 54, 5~12행을 읽어보면 알 수 있다. 이 시에는 서정적 정서, 뛰어난 도덕적 감흥, 풍성한 심리적 암시가 들어 있다.

소네트가 셰익스피어의 숨겨진 과거사를 다루고 있다면, 젊은이와 매혹적인 여인의 관계는 전기 연구의 대상이 되고, 셰익스피어의 내면세계를 엿볼 수 있는 창문의 기능을 다할 수 있다. 셰익스피어는 1564년 4월 23일 태어나서 1616년 4월 23일에 사망했다. 그는 1582년 18세 때 8세 연상의 앤 해서웨이(Anne Hathaway)와 결혼해서 장녀 수잔나(Susanna, 1583)와 쌍둥이 남매 주디스(Judith)와 햄닛(Hamnet, 1585)을 얻었다. 1586년 스물두 살 된 셰익스피어는 고향 스트랫퍼드를 떠나 런던으로 가서 1592년 극작가로 성공할 때까지 무엇을 하고 지냈는지 알 수 없다. 이른바 '잃어버린 7년'이다. 셰익스피어는 초등교육 과정인 그래머스쿨을 다녔다고 하는데, 그 이후의 교육 경력에 대해서는 아무런 추적도 할 수 없다. 셰익스피어가 남긴 편지는 한 통도 없다. 친교에 관한 기록도 거의 없다. 그의 작품을 통해 우리는 그가 성경을 비롯해서 베르길리우스, 오비디우스, 플루타르크, 홀리셰드 등의 저작물에 접하고 자연, 천문, 지리, 외국, 박물학, 군사 등 인간사와 사회 전반에 관해 광범위한 지식을 갖고 있었다는 것을 알 수 있다. 셰익스피어 학자 캐롤라인 스퍼존(Caroline Spurgeon, 1869~1942)은 이런 문제를 해결하기 위해 명저 『셰익스피어의 이미저리』(1935)를 썼다. 그녀는 셰익스피어 작품에 사용된 이미저리를 분석하고 연구해서 셰익스피어의 개성, 취미, 사고 형태 등을 추리하여 셰익스피어는 어떤 인간이었는가를 상상하고 해명했다. 『셰익스피어 비극론』의 저자 브래들리(A.C. Bradley)는 그의 「옥스퍼드 시론 강연」(1909)에서 셰익스피어 인간상의 문제를 논하면서 소네트에 관해서 흥미 있는 지적을 했다.

소네트는 우정과 사랑에 관한 서정시이다. 셰익스피어는 그의 시 속에서 구체적으로 자신의 인간성을 말하고 자신의 감정을 표현하고 있다. 소네트는 때로 인습적이고 과장된 언어로 표현되고 있어도, 작자에 관해서 뭣인가 이야기를 하고 있다. 소네트는 인간 셰익스피어를 확실히 우리에게 전달하고 있다.

셰익스피어의 인간적 실체에 대한 연구와는 다르게 언어와 이미저리(imagery)의 상관관계를 연구해서 시 자체의 예술적 의미와 도덕적 가치를 분석하는 학자도 있다. 이 가운데 대표적인 존재는 헬렌 벤들러(Helen Vendler)이다. 그녀는 역저 『셰익스피어 소네트의 예술』(1997)의 저자이다. 벤들러는 주장했다.

오늘날의 셰익스피어 비평은 사회적이며 심리적인 측면에 기울어 있다. 그러나 셰익스피어는 고독한 언어를 구사하는 시인이다. 서정시는 나이, 지명, 성, 계층, 종족 등의 사회적 명세(明細)를 대부분 제거하고 있다. 서정시의 진정한 '배우'는 작중의 극적인 인물이 아니라 '어휘(words)'가 된다. 셰익스피어의 소네트는 무엇이며, 우리는 소네트를 왜 시라고 부르는가? 소네트는 놀랄 만한 언어적 장치(verbal contraption)의 소산이기 때문이다.
나는 소네트를 서정시로 접근한다. 사념과 구조와 언어가 어떻게 함께 모아져서 시가 성공적으로 형성되었는지에 관해서만 관심이 있다. 시가 지닌 '의미'만을 캐려고 하는 해석 방법은 잘못 가고 있다. 나는 소네트의 의미심장한 특징으로서 상상, 구조, 의미론, 구문론, 음소론, 문자 등의 측면을 살펴보려고 한다. 이 모든 것이 결합되어 어떤 미학적 결과를 성취하는지 나는 알아보고 싶다.

셰익스피어는 어떤 시인인가? 그 의문에 대한 답을 얻기 위해 소네트 54를 읽어보라고 벤틀리는 권하고 있다. 시 초반을 읽어보면 셰익스피어는 고도의 감각적 취향의 시인임을 알게 된다. 시 후반부 장미 부분을 읽으면 인간의 악과 선, 내면과 외면의 대조를 보여주는 작가의 도덕적 양심을 접하게 되고, 그의 경고에 귀를 기울이게 된다. 그의 시는 언어와 도덕의 신묘(神妙)한 결합이다. 벤들러는 셰익스피어 소네트를 제대로 감상하기 위해서는 소리를 내어 낭독해야 된다고 말한다. 벤들러는 그의 저서 말미에 자신이 낭독한 소네트 CD를 첨부하고 있어서 감상할 수 있다. 셰익스피어 학자 최재서는 그의 노작 『셰익스피어 예술론』에서 말했다.

셰익스피어의 극예술이 어떤 성질의 것인가를 알려는 사람은 먼저 그의 시(詩)들을 읽는 것이 좋을 것이다. 셰익스피어의 시는 음악성과 회화성(繪畫性)을 결합하기 때문에 일단 독자를 주간적인 '센티멘트(sentiment, 정감)'의 세계로 끌고 들어가지만, 결국 지성의 분리 작용으로 말미암아 독자로 하여금 객관적인 세계를 정관(靜觀)케 한다. 해즐릿(William Hazlitt)은 셰익스피어가 주제보다도 운문(韻文) 즉 표현 수단에 더 많은 관심을 갖고 있었다고 말했다.

6. 시의 주제

셰익스피어의 소네트는 세 가지 유형으로 분류된다. 소네트 전반 1~126은 친구에게 보낸 편지 형식의 서정시다. 그 친구는 젊고 아름답다. 소네트 108에서 묘사된 '매력적인 사람(sweet boy)'은 소네트 126에서 '나의 사랑스런 젊은이(my lovely boy)'로 변하고 있다. 셰익스피어는 그 젊은이의 나이와 사회적 위상(36, 87, 111, 117)의 차이가 그들 사이의 큰 장해물이 된다고 비관한다. 첫 17개의 소네트는 젊은이에게 결혼을 권하면서 그의 매력을 자손을 통해 보존하도록 설득하고 있다. 이 주제는 그 후 되풀이되지 않고 소멸

된다. 소네트 40~42에서 젊은이가 시인의 애인을 가로챈 일을 용서하고 있다. 소네트 95를 보자.

어떻게 치욕을 달콤하고 아름다운 것으로 만듭니까,
향기로운 장미꽃 속에 숨어 있는 해충이
피어나는 당신의 아름다운 명성을 파먹고 있는데!
아아, 당신은 죄악을 아름다운 옷자락에 감추고 있네요!

후반(127~152)은 '검은 여인'에게 보낸 시편(詩篇)으로 구성되어 있다. 그 여인을 시인은 사랑했으나 경멸하고, 그 여인을 사랑한 자신에 대해서 깊이 책망하고 있다. 소네트 152에서 시인은 그 여인이 부부의 맹세를 저버린 후 새로운 연인을 얻었다고 비난하고 있다. 소네트 133에서 그 여인은 원망의 대상이다.

나와 나의 친구들에게 안긴 아픔 때문에,
나를 몹시 고통스럽게 만든 당신은 저주를 받아야 한다.
나 혼자 그 아픔을 받아들이면 안 된단 말인가.
나의 다정한 친구까지 노예로 만들어야 하는가?

소네트 144는 시인에게 '위안과 절망을 주는' 두 애인이 있다는 것을 고백하고 있다. 악령인 '검은 여인'과 착한 천사인 '젊은 친구'이다. 소네트 153, 154 두 편의 시는 사랑의 신 큐피드를 다루고 있다. 소네트에는 젊은 친구와의 우정, 그가 숙적으로 여기는 경쟁 시인, 한 여인을 둘러싼 삼각관계, 그로 인한 질투심과 적개심이 고통스럽게 표현되고 있다. 시인은 여인의 배신을 알면서도 친구를 용서하지만, 그러나 상심은 깊어만 간다. 시인은 여인의 욕정과 배신을 질타한다. 시인은 종국에 이르러 여인과의 관계를 끊고, 친구와 돈독한 우정을 회복한다. 소네트 40~42와 144를 보면 사랑의 삼각관계만이 아니라 전체 시를 압축하는 기능도 수행하고 있다. 남녀 간 삼각관계는 영국 르네상스 시대 소네트에서는 쉽게 찾아볼 수 없는 특이한 내용이다. 이런 애정 행위를 이해하기 위해서는 현대의 사랑과 영국 16, 17세기의 애정 행태가 다르다는 것을 알아야 한다. 현대에는 남녀 간 이성관계, 또는 남성 간, 여성 간 2인의 동성 관계가 있는데, 엘리자베스 왕조 시대는 한 사람의 성(性)에 세 가지 젠더― 여성, 남성, 중성이 공존하고 결합하고 있었다. 양성구유(兩性具有)는 성적 대상으로서의 사춘기 소년이었다. 셰익스피어 무대에는 여성이 등장하지 못했기 때문에 소년이 여성으로 분장해서 연기를 하는 것이 관행이었다. 셰익스피어 소네트에 표현된 동성애는 이런 시대적 배경을 반영하고 있다. '동성애'라는 단어와 개념은 셰익스피어 시대에 찾아볼 수 없다. 남녀관계는 착취와 폭력에 권력이 개입하는 일이 많아서 그런 관계를 초월하는 정신적 사랑의 대상으로 사춘기 소년을 탐하는 경우가 있었다. 남녀 간 사랑과 욕망은 항상 국가의 법과 사회적 도덕률에 의해 통제를 받았기 때문에 연인들 사이의 갈등, 배신, 이별은 지옥의 고통이었다. 그 속박에서 벗어나는 사랑의 자유를 셰익스피어는 소네트의 열린 공간에서 표현하고 싶었을 것이다. 17세기 영국의 시인이며 목사였던 존 던(John Donne)은 소년에 대한 성의식은 "성에 대한 죄악"이라고 말했지만, 소네트에서 시인이 젊은이에게 느끼는 사랑은 이성 간의 열정과는 다른 고도로 승화된 우정이었다. 이런 경향은 르네상스 시대 대표적인 문인들 ― 몽테뉴, 라일리, 시드니, 스펜서 등의 작품에서도 공통적으로 나타나는 것으로서 그런 유대감은 남성들의 특권으로 인식되었다.

사랑의 주제와 관련해서 주목해야 되는 것은 '사회'에 대한 셰익스피어의 내면의식이다. 이는 소네트 71, 72, 90, 112, 124, 125 등에 나타나 있다. 시인은 젊은이에게 사회여론을 의식해야 된다(소네트 71, 72)고 강조하면서, 자신은 사회의 비난과 검열(소네트 121)을 쉽게 용납하지 않는다고 토로한다. 청년에 대한 사랑은 자신의 예술 후원자에 대한 우정의 표현일 수도 있다. 그러나 '검은 여인'에 관해서는 정신적 사랑으로부터 일탈해서 성적 행위를 암시하는 또 다른 측면도 있다. 소네트 127과 129의 욕망과 광기는 131에 이르러 "검은 여인이 폭군처럼 행동하고, 미모를 내세우며 잔혹해진다"로 발전된다. 시인은 이미 소네트 34~35, 40~42에서 젊은 친구와 여인과의 관계를 의심하며 불쾌한 심정을 털어놓은 적이 있다.

소네트에서 언급된 "사용(use)"이라는 단어는 14세기 영국에서 여성을 '성적으로 이용한다(employ sexually)'로 풀이되었다. 이 당시 영국의 여인들은 남권(男權) 우위 사회에서 남성에 대한 순종을 미덕으로 삼고 있었다. 당시는 여성의 교육과 사회 진출이 엄하게 규제되고 있었다. 헨리 8세의 다섯 번째 왕비 캐서린 하워드는 "헨리 왕이 나체로 내 옆에서 남자가 아내에게 하는 방법으로 여러 차례 '나를 사용했다(used me)'라고 말했다. 소네트 40에서 셰익스피어는 '검은 여인'과의 성적 교섭을 '그대가 사용하는(thou susest)'이라고 언급했다. 셰익스피어의 소네트는 사랑이 주제지만, 사랑에 대한 시간의 침식을 막기 위해 자손의 번식과 시의 '영원성'을 동시에 주제로 설정하고 있다. 소네트 5에서 '사랑'의 주제가 '시간'의 주제로 겹치면서, 시간의 소리, 모래시계, 파도 소리, 황량한 겨울의 풍경, 인간의 노추(老醜), 종탑의 붕괴, 생명을 자르는 큰 낫 등 쇠퇴와 파멸의 이미지가 시간의 공포감을 전달하고 있다.

7. 시 형식과 여성상(女性像)

소네트는 서정시의 형식을 지니고 있는데, 자연스럽고 유려한 그 형식은 시의 힘을 지키는 원천이었다. 셰익스피어는 이미지, 소리, 사념을 하나로 통합하는 새로운 연관성을 구축했다. 소네트를 읽는 기쁨은 소리와 의미와 이미지가 어떻게 한 편의 시로 완성되고 있는지, 그 비밀을 발견하는 데 있다. 서리 백작의 소네트 문법 구조는 14행이 4-4-3-3으로 분할되는 페트라르카 형식과는 달리 4-4-4-2 형식이다. 원래 한 편의 소네트는 첫 부분 8행의 옥타브(octave)와 후반 6행의 세스테트(sestet) 부분으로 성립되고 있었다. 시행(詩行)의 길이는 1행이 10음절(때로는 12음절)이다. 시 전체 각운(脚韻)은 페트라르카는 abba abba cde cde(세스테트는 cdc dcd)요, 서리 백작의 번역시는 abab abab abab이다. 전반 8행의 각운은 페트라르카에 가까운데, 후반 6행은 4행 뒤 2행이 선행 12행으로부터 독립된 소리로 들린다. 서리 백작은 시에 결론을 짓는 결구(結句)의 두 행인 커플레트(couplet) 효과에 특별한 관심을 기울였다. 영국의 시인 와이엇이 페트라르카의 소네트를 번역하고, 그를 모방해서 시를 썼지만, 각운은 기본적으로 페트라르카 형식을 따르더라도 결구 2행의 운(韻)은 영국 소네트의 형식이었다. 결구의 간결한 경고 언어의 감각과 여운의 효과는 절묘해서 셰익스피어를 위시해서 영국의 시인들은 이 형식을 즐겨 사용하게 되었다. 스펜서도 마찬가지였다.

르네상스 시대 영국에서 페트라르카의 시 형식도 변화를 보였지만, 놀랍게도 달라진 것은 시에 나타난 여성상의 변화였다. 이상적인 여성상의 모습은 차츰 사라지고, 그와 대조적으로 육체적이며 현실적인 여성상의 모습이 영국 소네트에 나타나기 시작했다. 와이엇은 헨리 8세 궁정에서 왕의 시중을 들면서 궁정 남녀들의 연애유희를 눈으로 보고, 왕비 앤 불린의 처형도 목격했다. 자신의 아내가 저지른 불륜에 충격을 받은 그는 엘리자베스 다렐과 사랑에 빠졌다. 그는 자신의 사랑의 체험을 소네트에 담아놓았다. 그의 시 28번에서 한 구절 인용해보자.

……나는 사랑을 하고 있다.
상대가 누구냐고 묻는다면, 그렇다. 나의 행복을
유린한 브루넷 머리 여인과 헤어진 후,
이번에는 아주 성실한 피리스의 얼굴이
나의 연인이다. 그렇다. 앞으로도 그럴 것이다.
떨어져 있어도 그녀의 사랑은 나의 것.
나의 이성, 나의 의지, 나의 모든 것은 그녀의 것이다.

'피리스'는 와이엇이 사랑했던 엘리자베스 다렐이다. 셰익스피어를 위시해서 당대 시인들이 갈망했던 것은 가까이에 있는 현실적 존재로서의 여성이다. 이른바 창가의 연인이다. 르네상스 시대 영국의 소네트는 페트라르카로부터 시 형식에서 벗어나면서 놀라운 '내용적 변용'을 일으키고 있었다. 페트라르카의 「칸초니엘레」 127에서 연인 라우라를 찬미하는 구절을 인용해서 두 시를 비교해 보자.

> 방금 처녀의 손이 따 온
> 하얀 장미, 빨간 장미가 금빛 화병에
> 피고 있는 모습을 내 눈이 만약에 본다면
> 세상 그 무엇보다도 뛰어난
> 미인의 얼굴을 봤다고 생각하겠지요,
> 세 가지 뛰어난 아름다움을 자랑하는 여인을.

"시들기 전에 장미를 따라"는 페트라르카 유파의 정해진 청춘찬가이다. 흰 장미는 라우라의 하얀 피부요, 빨간 장미는 라우라의 붉은 입술과 뺨이다. 금빛 화병은 그 꽃에 감도는 라우라의 황금빛 머리칼이다. 시인은 라우라의 세 가지 아름다움을 흰 장미와 빨간 장미, 그리고 황금빛 꽃병에 비유하며 찬양하고 있다. 페트라르카 시의 특징은 여성의 얼굴 부분 하나하나를 장미의 상징적인 이미지로 이상화하는 일이었다. 이상적인 미의 여인 라우라에게 그는 사랑을 호소하지만 정결한 라우라는 마음을 열지 않기 때문에 시인은 슬픔에 잠겨 "폭풍 같은 탄식"과 "홍수 같은 눈물"을 쏟으면서 밤을 지새운다. 보상받지 못한 사랑의 고뇌, 실의와 비탄, 눈물과 탄식의 과장된 이미지는 페트라르카 소네트의 특징인데, 영국 르네상스 시대의 소네트는 이 전통을 계승하면서도 새로운 시의 지평을 열어가고 있었다.

헨리 8세로부터 엘리자베스 여왕 시대 기간에 페트라르카의 연작시 『개선(凱旋)』은 단테의 『신곡』보다 더 높은 평가를 받았다. 엘리자베스 여왕 자신이 페트라르카 시의 애독자였기 때문이다. 『개선』 제2부, 「정결(貞潔)의 승리」에 등장하는 주인공 라우라는 여왕 자신이었다. 여왕의 나라에서 정결은 여성의 기본적인 덕목이었다. 사랑에 대한 정결의 승리는 엘리자베스 궁정문화의 목표요 정치적 의미였다. 그러나 영국의 르네상스는 페트라르카의 이탈리아가 아니었다. 인간관이 변해서 여성의 섹슈얼리티를 부정할 수 없는 시대가 되었다. 라우라의 정절만으로는 남녀 간의 일이 해결되지 않았다. 사랑을 위해 인습을 깨고 죽음 속으로 뛰어드는 로미오와 줄리엣의 시대였다. 셰익스피어는 사회의 옹졸한 편견에 맞서는 순수한 젊은이들의 사랑의 자유를 옹호하고, '검은 여인'의 분망한 애정 행각을 스스럼없이 비판하면서 질풍과 노도의 시대 한가운데서 런던의 극장가를 질주하고 있었다. 영국의 소네트는 어느새 반(反)페트라르카의 바람을 타고 격동적인 새로운 시(詩)를 쏟아내고 있었다.

레슬리 던튼과 아우너, 그리고 알란 라이딩은 저서 『필수 셰익스피어 핸드북(Essential Shakespeare Handbook)』에서 소네트 54를 예로 들어 감상법을 소개하고 있다.

마음의 진실이 풍기는 아름다운 장식을 달면	1
아아, 아름다움은 얼마나 더 아름답게 보일 것인가!	2
장미는 아름답다. 하지만, 장미의 싱그러운 향기가	2
살아나면, 더욱더 아름답게 보일 것이다.	4
들장미는 향기가 없지만, 깊은 색깔을 보면	5
향기로운 장미와 별 차이가 없어 보인다.	6
가시 있는 줄기서 싹이 트면서 여름 바람은	7
꽃봉오리 열고 장미와 희롱하며 놀고 있다.	8
들장미의 장점은 보고 즐기는 것뿐이다.	9
들장미는 찾는 이도, 돌보는 이도 없이 사라진다.	10
홀로 죽는다. 아름다운 장미는 그렇지 않다.	11
향기로운 죽음은 그지없이 향기로운 향수를 만든다.	12
아름답고 사랑스런 젊은이여, 그대도 이와 같다.	13
목숨이 멸(滅)해도, 시(詩) 속에 당신의 진실이 남는다.	14

O, how much more doth beauty beauteous seem 1
By that sweet ornament which truth doth give. 2
The rose looks fair, but fairer we it seem 3
For that sweet odor which doth in it live. 4
The canker blooms have full as deep a dye 5
As the perfumed tincture of the roses, 6
Hang on such thorns, and play as wantonly 7
When summer's breath their masked buds discloses; 8
But, for their virtue only is their show, 9
They live unwooed and unrespected fade, 10
Die to themselves. Sweet roses do not so; 11
Of their sweet deaths are sweetest odors made, 12
  And so of you, beauteous and lovely youth, 13
  When that shall vade, by verse distils your truth. 14

성실성과 충성은 아름다움을 더욱더 빛낸다. 장미는 아름답다. 향기가 나면 더 아름답다. 들장미는 겉모습은 장미와 별로 다름없다. 장미처럼 향기를 발산하면 더 아름다울 것이다. 들장미는 겉모습뿐이다. 향기로운 장미는 지더라도 그 향기를 향수로 남길 수 있다. 그래서 장미는 죽지 않는다고 셰익스피어는 말하고 있다. 시인은 젊은이에게 그대는 아름다운 장미와 같다고 말한다. 왜냐하면, 젊음이 사라지고 노년이 되어 죽더라도, 그는 자손의 몸속에, 그를 찬미하는 시 속에 남아 있기 때문이다.

이 시에서 중요한 단어는 '향기로운(sweet)'이라는 형용사이다. 2행에서 'sweet'는 '진실(truth)'이 더해주는 추가된 아름다움을 언급하고 있다. 그러나 4행에서 'sweet'는 겉모습이 아름답기만 한 들장미와는 다르게 향기로운 장미의 아름다움을 노래하고 있다. sweet라는 단어는 첫 부분의 일반적인 관찰에서 소네트의 핵심적인 주제에 접근하는 특별한 의미로 진화되면서 'sweet rose'는 새로운 이미지로 부상하고 있다. 4행은 말한다. "향기가 살아나면 장미는 더욱더 아름답게 보일 것이다." 첫 4행(quatrain)은 '산다(live)'

로 끝난다. 다음 5행에서 독자는 'die' 로 들리는 끝 단어 'dye(color)' 에 놀란다. 들장미는 장미꽃처럼 색깔이 '짙다(deep, mortal)'고 해서 보기는 좋지만, 외모일 뿐이지 향이 없는 죽음의 꽃이다. 향기를 내뿜는 아름다운 장미꽃 (sweet rose)과 들장미는 너무나 대조적이다. 11행에서 운율이 돌연히 바뀐다. '죽음(death)' 이라는 단어가 11행 첫 마디에 불쑥 나타나면서 위기가 고조되기 때문이다. 그러나, "들장미는 홀로 죽는다. 아름다운 장미는 그렇지 않다" 라는 구절로 긴장은 풀리고, "향기로운 죽음은 향기로운 향수를 만든다" 라는 주제가 소리(sound), 이미지, 의미로 통합되어 전달되고 있다. 12행에서 반복되는 'sweet' 는 죽음 이후 퍼지는 최상의 향기 'sweetest' 로 전환되며 격상된다. 결구 13행과 14행은 모든 것이 '그대(you)' 와 결부되며, 아름다운 그대는 '진실(truth)' 한 당신이 되고, 죽음을 극복하고 살아남는다는 종결에 이른다.

셰익스피어 소네트 구조의 특징은 다음과 같다.

운율 소네트의 각 행은 10음절 또는 그 이상으로 구성되어 있고, 운율은 '아이엠빅 펜터미터(iambic pentameter)이다.

4행시 최초 12행은 3개의 4행시(quatrain)로 구성된다. 3개의 4행시는 각기 뚜렷한 사념을 나타내면서 상호 연관을 통해 전체의 의미를 부각시키고 있다. 첫 4행시 운율은 abab로 압운(押韻)되고, 그 뒤에 이어지는 행에서는 cdcd, efef로 압운된다. (1행-4행 참조).

변환 '변환' 은 시인이 자신의 생각을 바꿀 때 일어난다. '변환' 은 '그러나(but)' 로 시작된다. 그 자리는 고정되어 있지 않다. 각 행마다 다르게 자리를 정할 수 있다. (9행 참조).

결구(couplet) 모든 소네트는 마지막 두 행인 '결구' 로 끝난다. 압운된 두 행은 시의 결론이며, 새롭고도 놀라운 관점을 제시한다. (13, 14행 참조).

8. 낱말

미국의 폴거 셰익스피어 라이브러리(Folger Shakespeare Library)가 펴낸 『셰익스피어의 소네트와 시』 첫머리의 소네트 감상을 위한 해설에 셰익스피어 소네트의 낱말, 문장, 은유, 그리고 운율에 관한 설명이 들어 있다.

셰익스피어의 소네트는 고도로 압축되고, 구조적으로 완성된 시다. 시를 만드는 기본 단위는 낱말이다. 소네트의 경우 그 단어는 고어(古語)여서 현대 영어에서 사문화된 것이 있다. 예로 들면 self-substantial(자신의 물질에서 생기다), niggarding(인색한), unfair(아름다움을 빼앗는다), leese(빼앗긴다), happies(행복하게 만든다), steep-up((험한, 가파른), highmost(가장 높은), hap(발생한다), unthrift(낭비꾼, 방탕자), unprovident(헤픈), ruinate(폐허가 되다) 등이다. 'peerless' 라고 써야 하는데 'only' 라 하고, 'brilliantly fine' 이라고 해야 하는데 'gaudy' 라고 말하고 있다. 'garment' 에 대해서 'weed' 라 하고, 'mirror' 에 대해서 'glass' 라고 말하며, 'foolish' 에 대해서 'fond' 라는 단어를 사용하고 있다.

셰익스피어 소네트의 언어 사용에서 특징적인 것은 한 단어에 의미의 동시적 다양성(多樣性)을 부과하는 일이었다. 소네트 1의 5행을 예로 들면, 'contracted' 는 '계약되었다' 거나 '약혼하다' 로 풀이되지만 동시에 '제한되다, 위축되다' 로도 해석된다. 소네트 1의 2행과 4행에서 'rose' 는 'beauty's rose' 이지만, 또한 'youthful beauty' 이며, 피어나는 장미꽃이기도 하다. 장미꽃은 젊은이와 연관되고, 'bud' (덤불)는 가계(家系)로 단어풀이가 심화된다. 장미꽃은 만발하다가 시들어버린다. 아름다운 젊은이의 모습도 늙어서 힘이 빠지면 노쇠해서 죽는다. 장미꽃이 향수로 남듯이 사람은 자손의 증식으로 남는다는 의미가 비유로 표현되고 있다. 셰익스피어가 소네트 속에 풍성한 사상과 이미지를 남길 수 있었던 것은 다양하고 복합적인 의미를 지닌 단어를 정확하게 선택할 수 있었기 때문이다. 소네트 1의 첫 행 "From fairest creatures we desire increase"에서 'fairest,' 'creatures,' 'increase'는 서로 관련되어 다양한 의미를 전달하고 있다. 그 결과 한 줄의 문장이 전달하는 의미의 내용은 다양하고 영역은 확대된다. 셰익스피어 시대 'fair'는 'beautiful'이다. 그 의미가 'blond,' 'fair-skinned'의 의미로 새로 해석되면서 상류계급이나 특권층을 표현하게 되었다. 'creature'는 하느님이 창조한 삼라만상인데, 그 가운데서 특히 인간이 중요시되었다. 이 단어는 'increase'를 뜻하고, 그것은 또한 'procreation,' 'breeding,' 'offspring,' 'child'를 암시하고 있다. 이는 창세기의 'multiply,' 'be fruitful'의 뜻을 품고 있다.

셰익스피어의 어휘는 난해하고, 어순은 종종 혼란스럽다. 어법은 기이하다. 이중부정은 자주 사용되는데 오늘날 문법처럼 그것은 긍정이 아니다. 주어와 동사는 일치하지 않을 수도 있다. 형용사가 명사 뒤에 오기도 한다. 주어는 동사와 수의 일치가 되지 않아도 좋았다. 단어의 철자도 정확하지 않았다. 품사의 전환도 자유로웠다. 'Be'를 접두사로 사용하면서 명사를 동사로 바꾸는 일은 허다했다. 접두사로 'en'(enmesh)을 사용했다. 'ly'나 '-y' 같은 접미사는 명사를 형용사로 만드는 기능을 했다. 셰익스피어는 단어를 결합하고, 형용사와 명사를 결합하고, 부사와 명사를 결합하고, 분사와 전치사를 결합했다. 말하자면 복합어의 탄생이다. 복합어로도 해결되지 않으면, 어휘를 새로 만들어냈다. 특히 욕설과 비속어, 음란 용어에 대해서는 천재적 기지를 발휘했다(Shakespeare's Bawdy, Erick Partridge, 1947.; Shakespeare's Non-Standard English, Norman Blake, 2004 참조). 주어와 동사의 생략도 흔한 일이었다. 독자와 관객은 이 같은 문제에 대해서 스스로 해결하는 지혜를 발휘했다. 문장의 논리나 질서보다는 문장이 주는 에너지와 색채가 더 중요했다. 이런 언어적 혼란은 셰익스피어의 언어적 기법에 관한 문제이면서도, 크게 보면 당시의 언어적 질서가 아직도 혼란기에 있었음을 말해주고 있다. 라틴어는 당시 모범적 언어였다. 영어의 문법과 문체론은 모색기요 실험적 단계에 놓여 있었다.

셰익스피어가 사용한 단어를 해명하기 위해서 Onion의 『*Shakespeare Glossary*』를 참고하거나, 더 많은 단어를 자세하게 탐색하고자 한다면 David Crystal & Ben Crystal의 『*Shakespeare's Words*』 등 셰익스피어 전용사전이나, 단어의 역사를 알 수 있는 『옥스퍼드 영어사전』을 참고로 해야 한다.

9. 문장

셰익스피어 소네트를 읽는 재미는 문장의 향연(饗宴)에 참여하는 황홀감에 있다. 그의 글은 충격과 감동의 원천이다. 그의 글이 주는 마술적 감화력의 근원은 희곡이든 소네트이든 모두가 시의 형식 때문이라는 데 있다. 셰익스피어가 소네트를 쓰려고 했을 때, 그는 어떤 형식의 문장으로 할 것인가를 생각했을 것이다. 운율 문제를 고려했을 때, 그는 이탈리아 형식으로 할 것인가, 영국 형식으로 할 것인가 고민했을 것이다. 셰익스피어는 4행시(quatrains)와 2행의 결구(couplet)로 구성된 영국식 소네트를 선택했다. 운율은 옥타브(octave)와 세스테드(sestet)로 정했다. 4행시와 결구는 하나의 문장, 또는 두 개 이상의 문장과 질문으로 구성되었다. 셰익스피어의 희곡 작품에서 흔히 만나는 길고 복잡한 문장은 소네트에서 발견할 수 없지만, 전도(inversion)와 단절의 문장은 수없이 만나게 된다. 셰익스피어는 주어와 동사의 자리를 바꿔놓았다. "He goes" 대신에 "Goes he"가 되었다. 목적어를 주어와 동사 앞에 두었다. "I hit him." 대신에 "Him I hit."가 되었다. 또한 그는 부사나 부사절을 주어와 동사 앞에 두었다. "I hit fairly"가 "Fairly I hit."가 되었다. 소네트 1의 경우, 부사절의 '전도' 배치로 문장이 시작된다. "From fairest creatures"가 정상적인 문장의 경우에는 동사 다음에 와야 하는데, 문두(文頭)에 자리잡고 있다. "We desire increase from fairest creatures"가 "From fairest creatures we desire increase"가 되었다. 리듬 효과와 "fairest"

를 강조하기 위한 문장의 효과 때문이다.

소네트 2의 문장 "Thy beauty's use would deserve much more praise"는 "How much more praise deserved thy beauty's use"로 전환되었다. 이런 '전도'는 리듬 효과와 'praise'를 강조하기 위해서다. 리듬의 중요성은 소네트 3에서 "she calls back/In thee the lovely April of her prime"가 "she in thee/Calls back the lovely April of her prime"이 되었는데, 이런 경우는 'thee'에 중점을 두었기 때문이다. 소네트의 운율을 감안한 결과였다. 셰익스피어의 '전도' 용법은 의미의 모호성(ambiguity)을 일으키는 어려움이 있지만, 반대로 풍성한 의미와 압축의 효과를 달성하는 이점이 있다.

문장의 '전도'는 간혹 이중적 다양한 의미를 발생케 한다. 소네트 3에서 "But if thou live remembered not to be"의 경우, 'remembered not to be'는 전도되어 있다. "remembered not to be"가 "to be not remembered" ("to be forgotten")인지 아니면 "not to be remembered"가 ("in order to be forgotten")인지 애매모호하다. 아마도, 이 문장 원래의 의도는 "if you live in such a way that you will not be remembered"일터인데, 독자는 "with the intent of being forgotten"의 뜻으로 읽을 수 있기 때문에, 이런 '전도'는 문장의 의미를 경고와 비난 두 가지 이중적 의미로 해석할 수 있다.

소네트나 희곡에서 정상적인 문장의 어순에서 분리되어 특별한 리듬을 조성하거나, 특별한 단어를 강조하는 경우도 있을 수 있다. 소네트 1의 경우, "But thou, contracted to thine own bright eyes,/Feed'st thy light's flame with self-substantial fuel"에서 주어인 'thou'는 동사 'feed'st'와 분리되어 있다. 그런 자리매김 때문에 젊은이의 용모와 행위를 특별히 강조하게 된다. 같은 소네트의 9-11행을 보자.

Thou that art now the world's fresh ornament
And only herald to the gaudy spring
Within thine own bud buriest thy content······

주어 'Thou'는 동사 'buriest'와 떨어져 분리되었다. "Thou art now the world's fresh ornament/And only herald to the gaudy spring"로 극찬하다가, "Within thine own bud buriest thy content,/And, tender churl, mak'st waste in niggarding"이라고 비난하고 있다.

10. 은유(隱喻)

은유(metaphor)는 서로 다른 이미지가 융합되어 별개의 개념을 만들어내는 언어적 표현이다. 하나의 사물이 다른 사물에 비유되는 상징적 표현인데, 헤즐릿(Hazlitt)은 '은유'에 대해서 "생동감 넘치는 언어적 표현을 위해 하나의 사물을 다른 사물로 전환시키는 일"이라고 말했고, 니체(Nietzsche)는 "진정한 시인에게 있어서 은유는 수사학의 표현이 아니다. 자신이 표현하려는 개념(concept) 앞에서 실제로 휘젓고 다니는 대리(代理) 이미지(image)다"라고 정의했다. 소네트 2 첫 4행은 단어 선택과 어순으로 시각적이며 청각적인 효과를 거두고 있다. 시의 기본적인 방법의 하나인 은유는 일종의 단어 놀이가 된다. 소네트 2의 첫 4행시에서 젊은이의 이마가 "Thy youth's proud livery, so gazed on now,"인데, 시간(Time)이 포위하고 있는 "field"로 표현되면서, 젊은이의 매끄럽고 판판한 피부를 "deep trenches" 이미지로 제시하고 있다. "마흔 차례 겨울이 당신의 이마를 공박해서/당신의 아름다운 이마에 깊은 주름살 남겼네"라는 구절은 노화(老化) 과정을 말하고 있다. '이마'가 '들판'으로 되었다가 '참호'가 되고, "마흔 차례 겨울"이라는 비유로 군인들에 짓밟히는 전쟁터를 연상케 한다. 3행에서 젊은이의 아름다운 겉모습이 군복으로 표현되다가 시간의 공격을 받고 "누더기처럼 남루해지는(tattered weed)" 노추의 이미지로 표현되고 있다. 이마가 전쟁터 들판이 되고(ravaged field), 다시 의복(livery, garment)으로 변하다가 식물(field of grass or flowers)의 이미지로 전환되어 겨울에 시들어가는 풀이며, 꽃의 운명을 인간의 삶과 결부시킨다. 두 가지 이질적인 사물이 맞물려서 비교되는 가운데 한 가지 의미가 비유로 선명하게 표현되고 있다.

11. 운율

소네트 2의 첫 4행의 운율 효과를 보자. "When forty winters shall besiege thy brow"에서 두 개의 단어는 첫 음절에 강세가 놓인다. 'forty'와 'winter'이다. 다른 하나의 단어는 두 번째 음절에 강세가 있다. 'besiege'이다. 셰익스피어는 이들 단어를 네 개의 1음절 단어로 묶어두고 있다. 그중 세 개는 강세가 없다(unstressed). 'When,' 'shall,' 'thy' 등이다. 그 결과 완전한 '약강 5각'(iambic pentameter)의 리듬이 형성되고 있다. 적절한 어휘의 선택과 어순, 운율로 조성되는 리듬으로 소네트는 감동적인 시(詩)의 효과를 달성하고 있다. 희곡의 경우는 산문이 뒤섞이고 운(韻)을 달지 않는 시 형식이 있는데 이를 '블랭크 버어스'(blank verse)라고 부른다. 영시의 형식은 시행(詩行)이 강세가 있는 음절과 없는 음절이 규칙적으로 서로 맞물려 있는 경우가 된다. 그 규칙적인 조합의 한 단위를 각(脚)이라 부른다. 가장 단순한 기초적인 조합은 약강-약강-약강으로 반복되는 약강형식이 된다. 한 시행 속에 약강이 다섯 번 반복될 때, 그 시행을 '약강오각'이라고 부른다. 각의 형식에는 '강약', '약약강', '강약약' 등이 있다. 이 가운데서 '약강'은 가장 단순하고 자연스런 것이라 할 수 있다. 셰익스피어는 압운(押韻) '약강오각'(iambic pentameter)의 기교를 사용하는 것 이외에도 '말장난'(pun)을 통해 언어유희를 즐겼다. '말장난'은 당시 귀족적 인품의 상징이었고, 토론의 효과적인 방법이었다. 오늘날 생각하고 있는 것처럼 저속하고 어리석은 유머는 결코 아니었다.